詩之為詩

詩經大義發微 卷一

柯小剛 著

同济大学人文学院出版资助规划资助项目

目　次

绪论之一：《诗》究天人　001

绪论之二：《诗》通古今　025

绪论之三：《诗》兼经史义理　051

《周南》大义发微

读《关雎》之一：诗风教化与鸟兽虫鸣之声　065

读《关雎》之二：德性好逑之艰胜于求取淑女之难　069

读《关雎》之三：夫妇之义的古今之变　072

读《关雎》之四："《关雎》之道"的天人一贯　076

读《关雎》之五："《关雎》之事"的通古今之变　081

读《葛覃》之一：《关雎》《葛覃》犹《易》之乾坤　084

读《葛覃》之二：纳喀索斯的终结和"黄鸟于飞"的无尽　092

读《葛覃》之三：自然劳动与生命中的多余和有余　096

读《卷耳》之一：诗之普遍及物性与朝向远方的忧思　101

读《卷耳》之二："非其职而忧"的天下关怀与现代
　　　　　　　政治的貌公实私　104

读《卷耳》之三：从王者官人传统看四家诗说与编诗之义　108

读《卷耳》之四：中庸的慎密与广博　111

读《樛木》："上下交而其志同"　117

读《螽斯》：反思现代妇女解放、计划生育和爱情的本质　122

读《桃夭》：桃叶、家人与治国平天下　126

读《兔罝》：张弛有度的文明　131

读《芣苢》：专一永贞的坤德　140

读《汉广》：自然之游与礼乐之止　145

读《汝坟》：修道与复质　151

读《麟之趾》："诗言志"的《春秋》之义　155

《召南》大义发微

读《鹊巢》：行地无疆的阴中之阳　163

读《采蘩》之一：气臭之信与居敬之象　169

读《采蘩》之二：坤德助成　173

读《草虫》：能感、能降、能群　178

读《采蘋》：文质相复的诗教　184

读《甘棠》：圣道之几 189

读《行露》：日常生活的默化工夫 194

读《羔羊》之一：欲何以起礼，私何以生公 197

读《羔羊》之二：委蛇行道与返回的自然 201

读《殷其雷》：家园之思与天下之忧 206

读《摽有梅》：剥极而复的急道之思 210

读《小星》：星光下的恒心 214

读《江有汜》：川上的道歌 218

读《野有死麇》：回到礼乐的自然本源 220

读《何彼秾矣》：坤德无疆 225

读《驺虞》：生死之门与万物之户 228

绪论之一：《诗》究天人

兴微物以讽大义，言近而旨远，诗之所以教也。故"大义发微"之于《诗》解，正是《诗》之为"诗"的要求，也是《诗》之为"经"的要求。"诗"要求"见微"，"经"要求"知著"。"《诗经》大义发微"就是一种"见微知著"的读《诗》练习。读《诗》练习作为一种修身工夫，可以体现为一种大义发微的解释学。

发微言以明大义，旨远而言近，本诸古文而揭示当代批判意义，诗教所以明也。现代世界以"开放""批判"自命，而其封闭自大、逼仄邅迫却多有古人不能企及之处。无论在什么时代、什么地方，通过读诗、写诗和解诗来打开生活，免于"正墙面而立"的逼仄邅迫，[1]可

---

[1]《论语·阳货》："人而不为《周南》《召南》，其犹正墙面而立也与？"言不学《诗》者，无以免于邅迫逼仄也。

能是诗教的永恒主题,也是其他教化方式无法取代的工作。现代生活的逼迫与诗意的丧失,正是一件事情的两面。

《诗经》学术史,是先后丧失"诗"和"经"的历史。首先是诗意被从经文剥离,似乎为了突出诗教大义就必须抹杀诗意的精微感受;然后是经义被从诗文剥离,仿佛为了诗意就必须排斥诗教大义。这便是数千年来,从《诗经》到"经学",再从"经学"到"文学"的历史。于是,曾经"子所雅言"的诗篇,最后只剩下一堆零散的"史料",或无病呻吟的"鸡汤",乃至被降低为"色情"(无论在古代被斥为"淫诗"还是在现代被褒扬为"开放"皆为此类)。在这样的时代,重新打开《诗经》,融入生命的诗意,引导人类生活,成为"《诗经》大义发微"的紧迫任务,但也几乎成为不可能的事情。

"大义发微"的经典解释工作,在这个时代几乎已被视为笑柄。在现代学院学术的共识中,要想笑话一个人,就说他的工作是"大义发微"的。产生这一可悲状况的根源首先在于:经典被人为地剥离了与天道的关联,从而也被剥夺了教化功用和立法含义,被矮化为一堆史料,而且是备受歧视的不够真实的史料(其价值被认为低于出土文献)。所以,重建《诗》与天道的关联,是《诗经》大义发微工作的首要绪论。

观物发微与经纬交织的读《诗》方法

毛诗独大之后，诗教之义蔽于人而不知天，不如齐鲁韩三家诗及《诗纬》之能贯通天人。关于《诗》与天道人事的贯通，《诗纬·含神雾》有云："诗者，天地之心，君德之祖，百福之宗，万物之户也。""诗者，持也。以手维持，则承负之义，谓以手承下而抱负之。""在于敦厚之教，自持其心；讽刺之道，可以扶持邦家者也。"[1] 这几句话是对《诗》之何以为诗、《诗》之何以为经的精要概括，可以帮助我们从根本上思考《诗经》何为。

《诗》之为经，历代经学注疏言之详矣。然而，关于《诗》之为诗，却惊人地无感，乃至于以之为不经。譬如四库馆臣批评船山《诗译》云："体近诗话，殆犹竟陵钟惺批评国风之余习，未免自秽其书，今特删削不录，以正其失焉。"（王船山《诗经稗疏》四库提要）之心曰诗，经天纬地曰文，诗学文学本与经学无异。当诗学文学堕落为风花雪月的同时，经学也堕落为饾饤小艺或干禄之学。如果不明所以、不得大体的话，无论以"经学"反"文学"，还是以"文学"反"经学"，都不过是以五十步笑一百步，以一种堕落反对另一种堕落，非但无益于事，反而更加固化了各自的缺陷。在这种情况下，同时"以诗读经"和"以经读

---

[1] 安居香山、中村璋八辑《纬书集成》上册，河北人民出版社，1994年，页464。

诗"的"大义发微"解释学，将有助于救治经学蜕变形态和文学化诗学的双重偏失，回到经学之诗和文学之诗的共同本源。当然，这种双重偏失的长期固化，也已经使"大义发微"的解《诗》工作几乎无法展开。

《含神雾》论《诗》之为诗，归纳起来，主要讲了三点意思：一是以诗为"天地之心"，二是以诗为"万物之户"，三是"诗者持也"。其中，"君德之祖、百福之宗"可归入"万物之户"，因为祭祀也是与物感通，打开时间的门户。"以手承下而抱负""自持其心""扶持邦家"则都是对"诗者持也"的具体说明。"自持其心"是诗教修身之持，"扶持邦家"是诗教齐家治国之持。"以手承下而抱负之"有复卦之象，有孟子所谓"天下有道，以道殉身"之象（《孟子·尽心上》），所以可理解为诗教平天下之持。这些意思体现在一篇篇《诗经》经文中，往往相互交织，相互发明。《诗经》大义发微的工作，就是要通过具体《诗》篇的解读，看这些意思如何体现在古人的物象和叙事之中，以及如何在今天的生活实践中重新焕发光彩。

纬书不像注疏那样顺着经来解，而是与经构成一个十字交叉，是以"旁敲侧击"的方式来"撞见"经义。注疏汗牛充栋，俯拾皆是，纬书却多遗佚，神龙不见首尾。来自辑佚纬书的吉光片羽，正如诗篇中易被忽视的草木虫鱼：虽去之亦不妨其事，但若去之则诗非其诗。譬如"关关雎鸠，在河之洲"即使删去，也丝毫不影响"窈窕淑女，君子好逑"的叙事，但无雎鸠关关之诗，已非《关雎》。《关雎》之为经，在美"后妃之德"（毛诗），或讽康王晏起（鲁诗），总归都是"风天下而正夫妇"之事；[1]《关雎》之为诗，则在何以风、何以正、何以美、何以刺的观物取象、取类比兴、关关和鸣、天人相与。"诗"与"经"相辅相成，天与人相感相通，然后有《诗经》。

历代《诗》学多求诗篇之"本事""本义"，然而诗之为诗，往往在逸出其"本"的"志"或"心之所之"。在这一点上，《诗》之比兴与《易》之取象、《春秋》之托义一样，都是朝向未来开放的、邀请读者参与的，都在客观上需要一种"大义发微"的工作来与经文形成古今对话的文本。经之为经本来就是经行、经过、常经大道，以及在道路上的往复切磋、往来探讨。《诗》云"如切如磋，如琢如磨"（《卫风·淇奥》），孔子赞子贡云"赐也，始可与言诗已矣，告诸往而知来者"（《论语·学而》），皆此意也。往复涵泳、切磋对话不仅是诗的生活，也是解诗的工夫。

诗意之"微"无非天籁物语之微、天心道心之微。所谓"发微"，就是接之以物，听之以气，观之以象，感之以情，察之以理，复之以性，然后乃得其"大"焉。得其"大"，然后诗篇所叙之人伦事理乃可谓之"大义"矣。人伦礼义之大，发端于天心物象之微；天心物象之微，体现为人伦礼义之大。所以，"《诗经》大义发微"的工作非常实在，一点都不玄虚，因为它一端接物、一端即事；接物以兴发、即事而明义，道自在其中矣。

---

[1] 参龚抗云等整理《毛诗正义》，北京大学出版社，2000年，页5；以及王先谦《诗三家义集疏》，中华书局，1987年，页4-5。后文再引，仅给出书名和页码。

"大义发微"说到底是体道之事,但道非直言可陈,须如《诗经》所咏,兴之以物,赋之以事,或如《中庸》所谓"其次致曲,曲能有诚",然后乃得庶几耳。所以,"大义发微"往往是从那些微不足道的起兴之物出发,观其象,发其义,在诗篇所叙史事之外,求孔子编《诗》之意,与夫风人作诗之志。

所以,"大义发微"的阅读既是在读《诗》之为经,也是在读《诗》之为诗;既是沿着注疏的经向阅读,也是"旁敲侧击"的纬向阅读;既是读诗篇所叙之事(齐鲁韩毛四家诗学皆以事解诗、以史解诗),也是在读貌似与本事无关的物象比兴。这些物象正因为能独立于诗篇所咏人事之外,反而更能切中事情深处,隐隐透显出有限人事背后的无限天道。它们就像是人物画背景中的天空、远山和树木,既与人物故事相关,又仿佛遗世独立,永恒纯净。譬如"关关雎鸠,在河之洲"是多情之物,也是无心之物。它的多情起兴了"窈窕淑女,君子好逑";它的无心抚慰了"悠哉悠哉,辗转反侧",也节制了"琴瑟友之""钟鼓乐之",使之"乐而不淫,哀而不伤"(《论语·八佾》)。

诗教在人,诗之所以教却在天。然而,天何言哉?道何道哉?惟于秋风落叶、春花啼鸟、夏夜鸣蛩、冬雪无边飘落之际,触景生情,人天交感,乃有所悟耳。所以,面对《诗经》中的鸟兽草木,读者不应满足于名物训诂,而是应该用心去听天籁之音,在"天地之心"的层面打开"万物之户",让物与人照见,使人心能持物,乃至"成己成物"(《中庸》)。

孔子论学《诗》,为什么把"多识于鸟兽草木之名"与"可以兴、可以观、可以群、可以怨,迩之事父,远之事君"相提并论

（《论语·阳货》）？可见在孔子那里，用以起兴的鸟兽草木绝不是可有可无的事外之物、诗外之物，而是人事和诗歌所以能发生的前提。所以起兴之物是天物，起兴所带起之事是人事。天物无心而化人，所以能起兴人事；人事有心而感天，所以能听天道。人事之心，喜怒哀乐，兴观群怨；天地之心，春夏秋冬，鸟兽草木。天人之际，有诗存焉，故《诗纬》云"诗者，天地之心"也。

孟子读《诗》"以意逆志"，[1]亦此义也。"以意逆志"就是要能直接面对着迎上去（"逆"即迎），而不只是顺着经文讲解名物训诂和章句释义。纬之于经的意义，就在这里。"以意逆志"，然后能得诗人之心；得诗人之心，然后能得人民之心；得人民之心，然后能得天地之心；得天地之心，然后能开"万物之户"，与物照面；与物照面，然后能以诗心持物，"开物成务"（《易经·系辞上》）。当然，反过来也可以说，只有诗心持物的读者才能"以意逆志"，只有诗人才能读懂诗人。诗的阅读和写作之间，无论多么睽离，即使相隔千年，只要同感"天地之心"，同开"万物之户"，同样在生活点滴中以诗心自持和持物，便是可以相迎相遇的。

复见天地之心与诗心持物的工夫

诗自是人心感悟而发，为什么《含神雾》说诗是天地之心呢？"诗者，天地之心"促使我们反思人之所以能感物咏诗的本

---

[1]《孟子·万章上》："说诗者，不以文害辞，不以辞害志。以意逆志，是为得之。"

源。人是天地中的一物，有心能感的一物。人心之感物，有微不足道的琐碎感觉，也有朝向远方的忧思。"知我者谓我心忧，不知我者谓我何求"（《王风·黍离》）。不知我者以为我有所求而不得，知我者知我所感朝向远方，本无所求，或者因求某物而起，终至于无所求。如"自诒伊阻"的远方之思，终至于"不忮不求，何用不臧"（《邶风·雄雉》）。

朝向远方的所感所思出自人心而不止于人心，朝向远方的所歌所咏出自人籁而不止于人籁。出于人而"不止于人"是诗的基本经验。"诗者，天地之心"所道说的，就是这样的基本经验。人心中的诗意部分渊源甚深，是天命之性在人心中的表露，故《含神雾》直谓之曰"天地之心"。天地无心，以人心为心，故《礼》云"人者，天地之心也"（《礼记·礼运》）。人心多蔽，以诗而无邪，故孔子曰："《诗》三百，一言以蔽之，曰思无邪"（《论语·为政》）。诗心发动处，即天命之性感通于人心而使人心复性之时，故《易》曰："复，其见天地之心乎"（复卦象传）？性之于心的维持作用，就体现为诗心之持物。"诗者天地之心"，"人者天地之心"，"复其见天地之心"，一也。诗所以兴，复所以诚，皆人心之良知良能也。致此良知，行此良能，则我之心即天地之心，我之诗即天地之诗矣。

诗出于人心而不止于人心者，兴发感动迥出物表而包持人心也。包是"以手承下而抱负之"，持是"自持其心""扶持邦家"。故诗心之持物，即《中庸》"诚者物之终始，不诚无物"的一种具体工夫。诚之工夫见诸六经之教者多矣，而诗教为首，故孔子云"兴于诗，立于礼，成于乐"。不过，诗教究竟如何发生？温柔敦厚如何可能？诗心持物说其实给出了提示。《中庸》引《周颂·维天之命》"於乎不显，文王之德之纯"，云"文王之所以为文"乃在于"纯亦不已"，也可以从诗心持物的角度得到工夫论的启发。"纯亦不已"正是一种诗心持物的工夫状态。文王之所以为文，诗之所以为诗，物之所以为物，其本源可能都在这里。

《易》云："复，其见天地之心乎？"复卦一阳来复于五阴之下，正是"以手承下而抱负之"之象。就天道而言，当阴滞寒凝之极的冬至而有一阳来复，可见天地生物之仁；就人心而言，在浑浑噩噩、麻木不仁的日常生活中反身而诚，可见人心本善之端。天地生物的这点生意护持着一切生命，即使一株小草也赖之存活；人心本善的这点良知护持着一切言行，即使最日常的饮食男女也因之而有属人的自由和尊严。天地无时不生，而只有在一阳来复之时方见其无一刻之停留，仿佛天地之间亦有一颗生生不息的心脏；人心无时不有，而只有在反身而诚时才能求回放心、觉知本性，从而知道自己的心来自远古，朝向未来，亦无一息之停留。

所以，"诗"之为"持"就是在诗意发生的瞬间回光返照，复而见天地之心，复而见我之本心，复而知万物生生之持存，复而觉我心在兹之不息。王维诗云"空山不见人，但闻人语响，反景入深林，复照青苔上"，亦复而见之谓也。诗描写物之发生，或者，诗本身就是事物的发生中最有生意的瞬间。然而，诗的写作却是在事情发生之后的追忆和创作，而且只有在追忆的反照中才能创作。[1]古希腊文和德文中表示诗作的词 poiēsis 和 Dichtung 都含有手工制作的含义，其义与此相通。诗作仿佛一只能抓住时间的手，使诗意的瞬间可以被世世代代的读者重新激活，成为永恒的存在。海德格尔引荷尔德林所谓"诗人创建持存"，亦《含神雾》所谓"诗者持也"之义。[2]

"复"总是在两端之间的往复。在海德格尔那里，"诗人创建持存"的创建方式也不是执持一物，而是"抛入之间"（Zwischen）。[3]只有人才有"之间"，只有诗才能打开人之为人的"之间"。诗是复见天地之心、复持放逸之心，所以，诗是"人之为人"中的两个"人"之间的良知自省、正名枢机。"立于礼"所以必先"兴于诗"者，以此。"扶持邦家"所以必先"自持其心"者，以此。《大学》所谓"欲齐其家者，先修其身"，亦以此也。非诗，人将不人矣。诗心所起，仁之端也，人之所以为人也。诗者持也，人之所以自持而为人者也。自持之义，非自执也，乃"扣其两端"而往复于"之间"也。从人从二，"仁"在其中矣。[4]

"仁"就是"人之所以为人"的自我返回空间。天地之间，

---

[1] 关于此点，不妨思考史铁生《务虚笔记》（人民文学出版社，2011年）中时时出现的"写作之夜"之于全部小说叙事的意义。

[2] 关于海德格尔对荷尔德林此语的解读，可参海德格尔《荷尔德林诗的阐释》中的《荷尔德林与诗的本质》一文，孙周兴译，商务印书馆，2002年，页35-54。

[3] 《荷尔德林诗的阐释》，前揭，页52。

[4] 参拙文《海德格尔的"时间-空间"思想与"仁"的伦理学》，见刊《同济大学学报》2006年第1期。

生死之间，过去与未来之间，皆然。天地固然在那里，但只有"鸢飞鱼跃"的仰观俯察才为人类的生活打开天地之间；生死固然有其时，而只有"向死而生"的前瞻后顾才使生命成为有间的"Da-sein"（Da 即有间）。[1]孔子论学《诗》以免于"正墙面而立"，王船山《诗广传》常常强调"两间""余裕"的重要性，以批评遽迫和逼仄，皆此义也。

从孔子到船山，读诗和作诗一直被认为是获得"之间"余裕的不二法门。自孔子弦歌不辍以来，中国读书人无不作诗。如此规模巨大而影响深远的诗歌生活，在世界文化史中是绝无仅有的。对于一个传统读书人来说，每天若有所思的吟咏为生活打开了一个持久敞开的、感物自省的心灵空间。这个内在空间的打开使天地成为人能俯仰其间的天地之间，使生活成为人能徜徉其间的过去与未来之间。在日常吟咏生活中，"诗者持也"成为一种工夫实践，使人可以自持为自觉的人，使生活可以自持为有意义的生活。在这个意义上，可以说中国文化史就是一部诗心持物的诗史。《中庸》所谓"不诚无物"之义落实到日常生活实践中，应该也包含了这样一种诗心持物的诗教工夫。

所以，中国诗歌传统既不只是现实主义的叙事，也不只是浪漫主义的抒情，而是无论在叙事还是在抒情中，都绵绵不绝地伴随着一种诗心持物的诗教工夫。《邶风·柏舟》"耿耿不寐，如有隐忧"是诗心持物的工夫，《郑风·子衿》"青青子衿，悠悠我

---

[1] 参海德格尔《存在与时间》第 46–53 节。Heideger, *Sein und Zeit*, Tübingen: Max Niemeyer Verlag, 2001, S. 235–267。

心"也是诗心持物的工夫。耿耿之切,悠悠之长,正是工夫之绵密,持物之不绝。《诗》风之流韵,至于汉人"青青河畔草,绵绵思远道"是诗心持物的工夫,曹孟德"但为君故,沉吟至今"也是诗心持物的工夫;陶渊明"此中有真意,欲辩已忘言"是诗心持物的工夫,陈子昂"念天地之悠悠,独怅然而涕下"也是诗心持物的工夫。孔子弦歌之不辍,朱子涵泳之心法,是经学的生活,也是诗学的生活,二者本来无别。笔者不敏,而有志于"《诗经》大义发微"的解读工作,亦未尝不是诗心持物工夫的一种尝试。

"诗者持也"与"万物之户"

"之间"与"持存"的关系,在《含神雾》的表述里即是"万物之户"与"诗者持也"的关系。动物巢穴无不有其出入通道,但只有人类居室才有门户。动物也有嘴,但只有人说话、歌诗。门户不只是为了出入和通风采光的实用设置,而且是一种疏明和空出(Lichtung),"当其无有室之用",使一个空间中的空出部分与外界的天地连成一气,使人类的居所不只是动物蔽身的巢穴,而且是通天地之气的神圣空间。门户是建筑中的缺口,是居室内外之间、天人之间的通道。说话和歌唱的终极意义也在这里。所以,天道之道与道说之道,是同一个字。

如果说民居门户的神圣意义容易掩盖于"百姓日用而不知"中的话,那么,在祭祀建筑中则以一种更加不同寻常的露天形式得到凸显。门以出入,实用性最强;窗户通风采光看风景,实用性减了一半；而连屋顶都不要的露天祭祀建筑则完全丧失了遮风避雨的实用性，以一种不同寻常的方式凸显了所有门户的实用性中所蕴涵的沟通天人之气的深层意义。《礼记·郊特牲》载："天子大社必受霜露风雨，以达天地之气也。是故丧国之社屋之，不受天阳也。"《春秋公羊传·哀公四年》论亳社亦言"亡国之社，不得达上"，就是要绝其与天气的沟通，示其不再领受天命。露天以通天地之气的思想，在后世的家族祠堂建筑中，仍然以天井的形式得到体现。直到今天，在南方农村的新兴宗祠中，虽然已经采用了很多现代建筑形式，但类似天井的设计（譬如以明瓦天窗的形式）仍然是保留的。

　　天子大社露天以通天气的建筑设计，甚至可通庄子对于"支离疏"这个通天畸人的身体结构："支离疏者，颐隐于齐，肩高于顶，会撮指天，五管在上，两髀为胁。"（《庄子·人间世》）"五管"是位于背部的五脏背腧穴，是内在的五脏外达阳气的通道。五脏内藏阴精，而其腧穴却都位于背部的足太阳膀胱经上，是在一身中阳气最盛的经脉中内通五脏之阴的穴道。在普通人身上，"五管"虽然通天气，但位于身后，并不在头顶（头为诸阳之会，阳盛于背），犹如普通建筑的门窗只在墙上，虽通天气而不露天；而"五管在上"的支离疏则像是祭祀建筑的露天设计那样，让五管之门户直接向上通天了。

　　人类歌诗的时候，为什么总是不由自主地"仰天长啸"，抬起头，使口鼻门户更加朝向天空？这个姿势的原理，跟天子大社的露天设计和支离疏的"五管在上"一样，都是上通天气的需要。《论语》"侍坐章"的曾点在说出他的舞雩之志前，有一个

"舍瑟而作"的动作（《论语·先进》）。这个动作的必要性也是为了向上打开自己，使自己的心志和言说可以通达天地之气。如果说"浴乎沂，风乎舞雩，咏而归"是对于心志的诗性言说，那么，"舍瑟而作"就是这一诗性言说的起兴。只不过，这是身体姿势的起兴，不是语言修辞的起兴。[1]

诗也是通过口鼻这个门户而歌哭啸傲的通天之气，而歌哭笑傲的前提则是外物通过眼耳触思的门户入感我心。心有所感，感有所郁，于是发而为诗。睹物思情是物入我之门户，思而歌咏是我达物之门户。诗是天人物我相互感通畅达的门户。《礼记·乐记》的开篇和结尾都是在谈这个门户，诗歌和音乐发生于其间的门户。其开篇云："凡音之起，由人心生也。人心之动，物使之然也。感于物而动，故形于声。"这是讲物入我之门户，乃有所感，乃有歌诗。其结尾则云："歌之为言也，长言之也。说之，故言之；言之不足，故长言之；长言之不足，故嗟叹之；嗟叹之不足，故不知手之舞之，足之蹈之也。"这是讲我以歌诗舞蹈敞开自己，诚之以达物的门户。

诗歌为人心打开了及物的门户，也为万物敞开了感人的门户。诗作为"万物之户"是人与万物得以相见的文明世界的开端。"万物皆相见"的状态在《易经》里就是代表文明礼乐生活的离卦（参《说卦传》）。为什么所有民族最初的言说都是诗？为什么儿童的语言天然类似诗性的表达？这也许是因为，诗是打开

---

[1] 关于侍坐章的更多分析解读，参拙文"春天的心志"，见收拙著《在兹：错位中的天命发生》，上海书店出版社，2007年。

人与万物相见的门户,诗使万物相见,使文明开化。

王阳明关于"岩中花树"的诗性对话说的也是这个道理:"你未看此花时,此花与汝心同归于寂;你来看此花时,则此花颜色一时明白起来。便知此花不在你的心外。""不在心外"并不是解剖学意义上的插花到左心房或右心室,而是把岩中花树和人心都理解为相互敞开的、可以相见的存在。这样的存在便是"仁"和"诚"。

《中庸》所谓"不诚无物"意味着:如果人心不能打开门户而向物敞开,则人虽有眼亦不能见物;如果物没有能向人敞开的门户,那么物虽存在也无法向人呈现。所以,诗之为"万物之户"的意义,也就是诗之为"天地之心"和"诗者持也"。所谓"不诚无物"的"诚",正是工夫论意义上的"诗心持物"之"持"。《易》云"成性存存,道义之门"(《系辞传上》),道尽了《中庸》"不诚无物"和《诗纬·含神雾》以诗为"天地之心""万物门户"和"诗者持也"诸说的工夫论关联。

"立心"与"道自道"

《诗纬·含神雾》关于诗的三点界定,其实是一个循环的相互说明:诗非门户不能使万物相见,物非相见不能使心明觉(犹如"未看此花时,此花与汝心同归于寂"),心非明觉不能持物,物非持不能开户相见。此三者之所以能如此循环地相互说明,是因为三者说的本是同一件事情。这件事情不是一个有待从不同侧面进行观察的物体,而是一件事情,是有待感受、思考和行动的事情，生命工夫的事情。

工夫是实践操作的事情，需要一个抓手或着力点。"诗者持也"就是这样的抓手或着力点。所以，如果一定要为这种工夫形式命名的话，或可称之为"诗心持物"的工夫。至于"天地之心"则是"诗心持物"的工夫所以可能的前提根据，"万物门户"则是"诗心持物"工夫的效验结果。通过"诗心持物"的工夫来体认"天地之心"，打开"万物门户"，创建人类文明生活的持存，便是诗的事情。

诗的事情可以很宏观，也可以很微观，更可以微观而宏观。《诗》之兴犹《易》之象，都是见微知著、隐而之显的"道自道"（《中庸》）[1]。《易》之取象，《诗》之起兴，都是在貌似无关的事物之间建立联系，使隐微不显之道忽然朗见。迂回侧击之所以比正面直击更有效，不是因为人的智力要耍诡计，而是因为道之自导（即"道自道"）本身的路径就是"曲径通幽"的。《中庸》云"曲能有诚，诚则形，形则著，著则明，明则动，动则变，变则化，唯天下至诚为能化"，把"道自道"的过程说得曲尽其诚。

故《诗》之兴，《易》之象，皆曲诚之事也，"道自道"之事也。所谓"大义发微"的经典解释就是要跟从"道自道"的曲折路径，由微之显，行远自迩，把先王经典的"至诚能化"之事讲清楚。譬如周之兴亡是一件很大的事情，整部《诗经》几乎都

---

[1]《中庸》："诚者自成也，而道自道也。"第二个"道"字当通"导"。先秦"道""导"本一字。

以此为问题意识背景。面对如此宏大的主题，《诗经》却总是从一件微不足道的事物发起诗兴的端绪。"绵绵瓜瓞"之微，可以带起周之先王前赴后继的天下大业；"彼黍离离，彼稷之苗"，可以深感"王者之迹熄而诗亡"的天下大变。"蔽芾甘棠"之小，[1]可以歌咏召公至德，深思周何以兴；"扬之水，不流束薪"，比多少历史记述都更加精准地描写了周衰之时无力维持华夏之象。

但"道自道"却并不是"自然规律"式的机械过程，而是在人身上体现为"立心"的自觉。立心，然后可以曲尽其诚。横渠所谓"为天地立心"正是诗心持物工夫的应有之义。诗作为"天地之心"并不是现成的状态，而是要去"立"才能有的心。正如诗本是天地固有的天籁，但如果没有诗人的"作"，就不能成为人类的歌。"立心"之"立"与"作诗"之"作"，原本是同一件事情。关于这件事情，《论语》"侍坐章"中的曾点提供了一个例证。曾点言志是诗性的言说，本质上是在作诗："莫春者，春服既成，冠者五六人，童子六七人，浴乎沂，风乎舞雩，咏而归。"更重要但也更不引人注意的是，他在言说的"作诗"之前，有一个"舍瑟而作"的站立行动。这个身体站立之"作"的行动成为他言说之"作"的起兴，并与他的言说之作构成一个整体的大诗之作。

从这个大诗之作的言行整体出发，就可以理解，为什么曾点

---

[1]《召南·甘棠》"蔽芾甘棠"，毛传"蔽芾，小貌"。更多分析见后文的《甘棠》解读。

并没有像子路、冉有、公西华那样说出一个确定的计划，但已经通过他的站立行动和作诗言说指向了一件事情。这件事情虽然是通过一场春游活动的具体描述来起兴和譬喻的，但其所寄托于其中的心志却绝不只是一场春游而已。如果他的志向不过是春游，那孔子肯定不会说"吾与点也"。孔子所与者不在曾点所言，而在其所言的寄托。这种寄托甚至在他言说之前的站立动作中就已经寓含了。[1]

所以，如果说"浴乎沂"的作诗言说是"与点之意"的起兴，那么"舍瑟而作"的站立行动则是"浴乎沂"诗性言说的起兴。起兴在先，是带出诗之事情的发端；寄托在后，是诗之事情绕梁不绝的余音。但另一方面，又正是起兴使诗有所寄托，也是寄托使诗需要起兴的曲折，而非直陈其事。所以，也可以说，寄托是在先的心志，起兴是在后的修辞。当然，更合乎事情本身的说法也许是，两者同出而异名，本就是同一件事的不同方面，难分先后。

作诗与编诗、解诗的关系，也应该是这样。作诗并不是一次性完成的事件，解诗并不是去索解作诗时封闭于诗句中的密码。诗之作犹如"舍瑟而作"，是朝向未来开放的"与点之意"；诗之选编与解释犹如"与点之意"的感喟，也是朝向作诗行动开放的"舍瑟而作"。所谓"解释学循环"本质上是作者与读者之间穿越时空的对话，永远可以不断重新开启的对话。在这样的对话中，作者通过文本进入和改变了读者，读者也通过解释进入和改变了

---

[1] 关于侍坐章的更多分析，参拙文"春天的心志"，前揭。

作者。诗的事情是作者和读者共同参与其中的、永远不会完成的事情。之所以会这样，首先是因为诗的事情首先是天地的事情，其次才是人的事情。诗本是天地元音，通过人的语言歌咏出来，才成为诗。儿童语言为什么天然就像诗？原因可能就在这里。天真未凿的人心更近天地之心，天然浑朴的人声更近天籁。

在《庄子·齐物论》中，天籁只是提到，并没有具体描述，因为它实际上也是无法描述的。实际得到描述的是地籁，即风吹"山林之畏佳，大木百围之窍穴"所发出的各种声音。不过，这实际上已经就是天籁，因为这些窍穴本身并不能发声，必待天风灌注其中才会发声。当然，风本身如果没有山林的阻挡、窍穴的灌注，也是无声的。天地相激，"刚柔相摩，八卦相荡"（《易经·系辞上》），才有声音。这声音既是天籁，也是地籁。可以说，天籁即地籁，地籁即天籁。所以，当人们谈论天籁的时候，往往指的就是地上的鸟兽草木之音；当人们谈到"天心"的时候，实际上就是"天地之心"的简称。天地之心、天地之音都是"一阴一阳之谓道"的事情，都是已经包含万变差异于其中的纯一。

如此，方有人心和人类诗歌的发生。人心非他，不过是天地之心中的差异性以及从差异回到纯一的自觉；人籁非他，不过是天籁地籁中的差异性以及从差异回到纯一的自觉。人类的心灵和人类的语言都是分析的，但其之所以能分析的前提是"天地之纯、古人之大体"（《庄子·天下》）。所以，《诗经》大义发微的工作，便是要在"天地之纯"中去聆听天地之音散见于草木鸟兽和人类悲欢中的各种"激者、謞者、叱者、吸者、叫者、譹者、宎者、咬者"（《庄子·齐物论》）的声音差异性，以便回到"天地之纯"，讲求"古人之大体"。诗心持物之所以能成为一种工夫方式，是因为越能打开"万物之户"的丰富差异，就越能回到"天地之心"的纯一。否则，《诗经》物象的纷繁和感情的丰富只会使人意乱神迷、往而不返了。

"陈情欲以歌道义"

从古到今，历代《诗》学争论的分歧或可简单总结为两个方面：一是有些字义、音韵和名物因年代久远而难明，引起训诂考据上的纠纷，这是小学层面的争论和分歧；一是字面意义之外是否另有寄托讽喻？以及如果另有讽喻的话，所讽究竟为何？在这个问题上引起争论，是大学义理层面的问题。小学层面的问题可以从容考辨，细细商量，而大义层面的问题在今天尤其显得紧迫，也是《诗经》经学重建首先要提出的问题。

《诗》义大旨方面最常遇到的争论是：某诗是歌咏儿女情长，还是讽喻政治得失以明家国大义乃至天人大道？这是各家解《诗》方向的基本分歧，尤其是古今《诗》学分歧之大端。这个分歧涉及《诗经》性质和读《诗》方法的大问题：《诗经》是一部什么书？是一部经典大书还是一部歌谣集子而已？《诗》何为而作？《诗》之为《经》何为而编？面对《诗经》文本，在辨析字面意思之后，是否还应该尝试解读作诗之志、采诗之思、编诗之义，乃至对于今天的意义？《诗经》是一部已经丧失现实意义的古代文献，还是仍然而且永远保有活生生的意义？如果说现代学术倾向于把《诗经》读为过去时代的死物,今天的经学是否应该结合时代的问题,重新激活《诗经》之为一部经书所承载的常经大道?这些大问题已经罕有人问津。

其实,儿女之情与家国大义两方面并不是截然划分的,也是无法截然分开的,否则《诗经》就不成其为诗与经了。抒情而无所志怀不过是心理描述,不成其为诗;议论而无所感触不过是义理论证,不成其为诗。涉及诗史关系的时候,我们也可以说,叙事而无情无理不过是拙劣的历史记载,不成其为诗。毛诗大序云:"诗者,志之所之也。在心为志,发言为诗。情动于中而形于言;言之不足,故嗟叹之;嗟叹之不足,故咏歌之;咏歌之不足,不知手之舞之、足之蹈之也。"诗之为诗正在于物我之间的相感、情理之间的相发、感于此与志于彼之间的涵泳互漾。这正是"兴"之于诗的本质规定。而那种截然划分感情与义理的诗学,其缺失首先正在于不知诗之所以为诗。

所以,言情与讽义这两种解《诗》方向虽然对于诗旨的理解不同,但并非绝无可通之处。一方面,主张《诗》喻大义的解法如果不懂儿女情长,又如何能以儿女情长、男旷女怨来托言起兴(毕竟经文字面意思如此)?如何能借以讽喻君臣大义、国家治乱,乃至道德修身、天道感悟?另一方面,主张《诗》仅言情的解法是不是应该想一想什么是儿女情长?为什么会有男女之间的相感、相思、相悦、相怨?家家户户男男女女的柴米油盐、悲欢离合跟社会道德、国家政治没有关系?其实,天道人心岂不是一贯的?学诗岂不就是去学那个一贯的理会?故《韩诗外传》云:

天地有合，则生气有精矣；阴阳消息，则变化有时矣；时得则治，时失则乱。故人生而不具者五：目无见，不能食，不能行，不能言，不能施化。三月微昫而后能见；七月而生齿而后能食；暮年膑就而后能行；三年颅合而后能言；十六精通而后能施化。阴阳相反，阴以阳变，阳以阴变。故男八月生齿，八岁而龀齿，十六而精化小通。女七月生齿，七岁而龀齿，十四而精化小通。是故阳以阴变，阴以阳变。故不肖者精化始具而生气感动，触情纵欲，反施乱化，是以年寿亟夭，而性不长也。《诗》曰："乃如之人兮，怀婚姻也，太无信也，不知命也。"贤者不然，精气阗溢，而后伤时不可过也。不见道端，乃陈情欲，以歌道义。《诗》曰："静女其姝，俟我乎城隅。爱而不见，搔首踟蹰。""瞻彼日月，遥遥我思。道之云远，曷云能来。"急时之辞也，甚焉故称日月也。[1]

在《韩诗外传》的这段简洁论述里，天道与人伦，情欲与德教，一气贯之。诗教因人有情欲而设，情欲因人有男女而起，男女因天地有阴阳而生，阴阳因天地有时而变。故自天地阴阳至于男女人生，自情欲相感至于婚姻礼义，自发育施化至于养性成德，自天地之时变至于人生之急时，莫非一事也。故伤情咏怀之诗，莫不能歌道义；道义之教，莫不化之于情。故王船山论《关雎》曰，"性无不通，情无不顺，文无不章"；论《鹊巢》曰，"圣人达情以生

---

[1] 许维遹校释《韩诗外传》，中华书局，1980年，页 19–21。后引此书仅注页码。"悠悠我思"韩诗作"遥遥我思"。

文，君子修文以涵情"；论《草虫》曰，"君子之心，有与天地同情者，有与禽鱼草木同情者，有与女子小人同情者，有与道同情者，唯君子悉知之。悉知之则辨用之，辨用之尤必裁成之，是以取天下之情而宅天下之正。故君子之用密矣"[1]。

"不见道端，乃陈情欲，以歌道义。"天道玄远，人情切近，所以诗人不得不"陈情欲以歌道义"；天道人情本来一贯，所以诗人才有可能"陈情欲以歌道义"。情是感情：性之感于物而动谓之情，情之及于物谓之欲。人是万物中的一物，但却是有心能感的一物。人有心感物则有情，有情及物则有欲。有情有欲，人所以能感通他人、感通万物；情欲有过与不及，人所以会为情所蔽、为欲所障，从而否隔他人、否隔事物。情欲出于性之感物，复性所以感物之正。感物正则情欲正，感物邪则情欲邪。情欲正则诗风正，情欲邪则诗风变。诗风正则道德行，诗风变则教化颓。是为天道人心相感之大要也。

有人，有物，有心，有感，有情，有欲，这一切能发生和相互关联，是因为有道有德。有道，所以天命于人而有性，人受于天而有德；有德，所以心感于物而有情，情及于物而有欲。人、物、感、情，都不过是道、德、性、命的展开。情是感情，又是情况、情实：人心感于物而有情，及于物而有欲。感情和爱欲构成了人类生活的基本实情，一切有效的德性教化莫不由此出发，登高自卑，由近及远。发乎情之实是诗之所起，止乎礼之义是教

---

[1] 王夫之《诗广传》，见《船山全书》第三册，岳麓书社，1996年，页299–310。后文引此书仅注页码。

之所终。"陈情欲"是诗之所兴,"歌道义"是志之所之。非性命则道德不施,非情欲则诗教不行。故诗人之于天理人欲,贵得其情实,故后世有所谓道情歌。不解人情,岂得道情?即令礼学之中,种种人伦大防,若非有情之人,亦自不晓因何而设,只当教条去守,则全无道理了。原来这道理却只在人情之常,不是自诩无情的假道学会得的。正如《二刻拍案惊奇》卷十二所云:"看官听说:从来说的书不过谈些风月,述些异闻,图个好听。最有益的,论些世情,说些因果,等听了的触着心里,把平日邪路念头化将转来。这个就是说书的一片道学心肠,却从不曾讲着道学。"[1]

---

〔1〕 此段议论起初是因十多年前樊黎在道里书院论坛谈柏拉图《会饮》的一个帖子而发。他的帖子里说:"事物的最高形态往往不是事物最初向我们显现的那一面,而最高的一面又不能离开最初向我们显现的那一面而得到理解。无论我们说最高的爱欲是什么,我们的说法都受到那些基本的爱欲经验的制约。对话总是从最低处开始向最高处攀升。施特劳斯试图展示的,是事物的最高形态(对话直接展现的一面)如何从事物的原初现象(出现在对话中,但不一定包含在对话者的言辞中)中显露出来。"

绪论之二:《诗》通古今

《诗》之为经,奠定于孔子的削删和编定。《诗》经之为学,亦肇端于此。虽然孔子并不讨论后世所谓"经学"问题,后世诸家诗解也缺乏足够的证据表明直接来自孔子,但原本意义上的诗教、诗学和经解,却毕竟是要溯源到孔子的。近年出土的《孔子诗论》虽然不乏疑点和争论,但至少也较弱地提示了孔子本人可能是有解诗工作的。而且,解诗之旨、编诗之义很可能不再局限于诗人作诗本义,而是从春秋士大夫常见的赋诗言志和断章取义的传统而来,立足于诗教,奠定了诗学。

诗教本来是《诗经》经学所以成立的本意,[1] 但当后世的

---

[1] 其他经学莫不如此,譬如《易》之取象、《春秋》之借事明义,一是皆以教化为本,故《经解》论六经实论六教。作诗之志、采诗之思、编诗之义、

经学讨论日趋繁琐之后，"文胜质则史"，《诗经》经学逐渐遗忘了圣人编诗解诗的诗教本义，转而纠缠于诗人作诗本义；而且由于文献原因，不得不争论哪家诗解才是夫子解诗本义。如果说汉魏今古文诗学之争还主要在争论"夫子解诗本义"问题的话，自三家诗解亡佚而毛诗独大以来，从学者们对毛诗的怀疑中诞生的主要问题意识，却是"诗人作诗本义"或"史实"如何的问题了。这一问题意识的转换，很可能与毛诗解释策略的方向性误导有关。从此之后，如何在《诗经》解释中"通古今之变"，成为不可回避的问题。

诗教与疑经：《诗》学的古今之变

无论毛诗是否出自孔子，一如今文三家诗，毛诗同样是立足诗教的诗学。不过，毛诗采取了"借史明义"的解释方法，为每一篇诗安排了一个历史背景。[1]"托诸空言，不如行事之深切著明。"在信而好古的质朴时代，结合历史人物和事件的教化效果是绝佳的，虽然这些人物和事件不一定准确，或者与《诗经》本

赋诗之意，自然不尽相同，但其间张力正是《诗》学要紧处。正如日月经天、花开花落与人情礼义、家国天下有什么关系？关系并非一目了然，所以才需要取象、取义。《诗》学面临的问题，《易》学同样面临，《春秋》经学同样面临。《春秋》学所谓"借事明义"，岂非六经通论议题？

[1]"借事明义"或"借史明义"虽然是今文《春秋》公羊学的方法（参皮锡瑞《经学通论》），但古文经学的毛诗未尝不是这种方法的运用者，虽然就古文经学自身的主张来说，倾向于认为毛诗所叙皆为历史事实，而且诗篇本义皆相关于这些历史事实。

文的关系不一定紧密。然而，当时代开始质疑这些历史事实以及它们与《诗经》是否相关的时候，这种"借史明义"的解经法就遭到了严重的打击。尤其严重的是，虽然人们开始只是质疑毛诗叙史的可信度，以及毛诗叙史与经文本义的关联度，但随即，问题意识的误导和转换却使得《诗》之为经、《诗》之为教本身遭遇灭顶之灾。

魏晋南北朝隋唐数代的《诗》学，是齐鲁韩三家今文诗说渐次亡佚，而古文毛诗一家逐步独大的过程。然而，在随后的宋元明清一直到现代的《诗》学争论中，针对毛诗的批评和质疑却构成了《诗》学讨论的主流，其中尤其以宋、清、现代的三次批评浪潮影响深远。不过，虽然现代学者惯于引宋清两代的毛诗批评为前驱，但其中的古今区别却不能不辨。

大体说来（虽然不尽如此），宋人疑毛诗主要立足于教化，以为毛诗多有无益道德乃至有害风教之处，所以生疑；清人疑毛诗主要立足于学术，以为毛诗的名物训诂多有穿凿附会、不合事物实情和古礼之处，所以生疑；近现代学者疑毛诗则主要立足于现代意识形态教条，以为毛诗的道德化、政治化解释扭曲了《诗经》的本义，同时在知识层面则沿用清人的考据，借以支持他们在意识形态方面对毛诗的指控。

所以，古人批评毛诗的成果，虽然被现代学者如顾颉刚、郑振铎之辈用来作为毁经的利刃，但其实，古人疑经之旨，根本不是现代学者所能读懂，或者更可能的情形是，刻意被现代学者选择性无视了，乃至被歪曲利用了。宋人所谓疑经，仍然是要发扬经典教化，而这正是现代人要反对的。宋代经学、晚清今文学之疑毛诗，初衷实出尊经之意，其经学意义实非顾颉刚之辈所能理解，或者虽然理解，却装作不知道。现代学者绑架古人，滥用疑经，其心何其毒也！

出版于1931年的《古史辨》第三卷集中了几篇现代学者攻击毛诗的文章，是现代诗经学的先声。其中尤其值得注意的是顾颉刚为宋人王柏《诗疑》点校本作的序言。同期还有郑振铎攻毛诗的文章，也非常有代表性。这些现代学者多引宋人清人攻毛诗的学者为疑经的先驱，但其实，他们疑经的出发点和目的与古人有本质的不同，虽然表面上看起来，他们与古代攻毛学者分享类似的立场、证据和方法。

在《古史辨》的那些文章里，顾颉刚、郑振铎等现代学者虽然一厢情愿地把自己的疑经思想追溯到朱子《诗集传》、王柏《诗疑》等宋人著作,[1] 但其实，宋人之疑经实非今人之疑经。宋人疑经非但不是出于对毛诗"道德化"的不满，反而是认为毛诗还不够"道德化"，所以要更激进地"道德化"。[2] 读朱子《诗集传》序可知，朱子读《诗》之旨首在诗教，王柏亦如之。故朱、王之攻毛，实非顾、郑之攻毛。朱、王攻毛，乃为弘扬诗教；顾、郑之攻毛，则欲破坏诗教。

---

[1] 宋人诗学著作中，欧阳修《诗本义》、苏辙《诗集传》对现代诗经学的影响，或者更准确地说，现代学者对它们的歪曲利用，也值得注意。

[2] 苏源熙（Haun Saussy）在总结顾颉刚、郑振铎等人把疑经思想上溯到宋人攻毛诗的时候，就说朱子攻毛是"基于真实性的理由"，以为宋人和现代学者都是反对毛诗的"道德化"立场，这些都是典型地把现代人的观点误置于古人头上，或者乃至于是有意地利用古人。参 Haun Saussy, *The Problem of a Chinese Aesthetic*, Stanford University Press, 1995, pp. 48–50。

而且，顾、郑之攻毛，其实亦非其表面上看起来的那样是为了反对"道德化"，而实际上只不过是想用另外一种"道德化"来替换古代诗教的道德。这一点顾颉刚在其"重刻《诗疑》序"中已经透露出来："现在我们把历史的观念和伦理的观念分开了，我们读《诗经》时并不希望自己在这部古书上增进道德，因为我们应守的道德自有现时代的道德观念指示我们。"（《古史辨》第三卷411页）在这里，我们可以看到：跟他们的继承者（即在今日占据了主流地位的"文学派""文献派"或"社会科学派"诗经研究者）比起来，这些现代早期的新潮诗经学者要诚实得多、露骨得多，所以也就更能暴露现代性的偏见，不至于自欺欺人地自诩"价值中立"。

与"道德化"相关的是"政治化"问题。现代学者除了指责毛诗"道德化"之外，还喜欢批评毛诗"政治化"[1]（三家诗、朱子集传等亦如是，只不过现代学者攻击的对象主要是毛诗）。其实，貌似客观中立的现代《诗》学何尝不是政治化的？现代《诗经》研究刻意把诗经从先秦政治生活中剥离出来，"还原"为"情歌"和"民谣"，无非是出于现代政治生活形式的偏见，为了论证现代政治和生活形态的正当性而曲解古人罢了。

表面看来，现代的《诗经》解释者奉行价值中立的学术信条。但实际上，他们并没有做到，而且事实上很可能从来没有人能做到。在现代学者的"客观学术工作"中，随处可见反叛传统的激情和鼓吹"新道德""新政治"生活方式的激情。所以，当他们把一篇篇温柔敦厚的经文"还原为男女两性的原始欲望的真实"的时

---

[1] 譬如上引苏源熙书页57–58。

候,实际上是在不自觉地鼓吹现代人的"新道德""新政治""新文化"。至于这种"新道德"究竟是不是好道德,"新文化"究竟是不是好文化,乃至根本上是不是道德和文化,乃至是否够得上"政治"的名称,他们就不像古人那样善于反思了。因为,现代学术最崇奉的所谓理性,其实不过是激情的奴隶。所以,究竟是自称"启蒙了的、独立自主的、富于批判精神的"现代人善于理性地思考,还是古人更善于理性地思考,还是个悬而未决的问题。

因此,我们今天回过头来看会发现,虽然顾颉刚等现代学者把宋代和晚清质疑古文经学的诗学引为同类,作为他反对传统经学的武器,但实际上,顾颉刚与朱子的距离其实更远,而朱子和毛诗的距离其实近得多。虽然在解释细节上,朱、毛多有不同,但在"诗何为而作""诗之所教者为何"等大问题上却分享共同的前提(可比照朱序与毛诗大序),这个前提便是从尧舜先王的"诗言志、歌永言",到文武周公的"陈诗以观民风",到孔子的"思无邪、兴观群怨",到《礼记》的"温柔敦厚而不愚"一路而来未曾断绝的诗教传统。至于顾颉刚和朱子,虽然在解释细节上前者多利用后者,但在"何为《诗经》""为什么读《诗经》"等根本问题上,却有着本质的分歧,乃至全然对立。

现代人批判毛诗是为了"反叛正统",所以,他们援引宋人的时候,也把宋人打扮成"反叛正统"的先驱。[1]这是一种典型

---

[1] 譬如上引苏源熙书页51-54叙述毛诗疑经史就是以"反叛正统"为线索。这种叙述显然是从顾颉刚一代学者来的,五四以后一直到今天都是《诗经》学说史叙事的主流,虽然它并不符合古代经学史的实际情况。

的现代革命叙事,不宜误置于古代经学之上。历史上的诗学正统并不一直是毛诗,譬如西汉诗学的正统就是齐鲁韩今文三家诗。即使在毛诗被官方定为正统之后,也并不等于它在学理上毫无争议地成了正统。所以,古人批评毛诗并不见得是为了反叛正统,而是相反,在大多数时候恰恰是为了维护正统,譬如今文三家诗的正统,或者某种理学教化的正统。无论如何,古人并不怨恨正统、反叛正统,而只是要辨明正统、发扬正统。在现代人那里,毛诗受到质疑是因为它代表"正统";但在古人那里,毛诗受到质疑却并不是因为它"正统",而是因为它不够"正统"。

何为正统,在古人那里主要是根据义理和师承,所谓"志于道、据于德、依于仁、游于艺":六艺经传的正统维系于道、德、仁人师友与经义传承,而不只是文本的真实性。在古人看来,义理的不变的真实性,恰恰是要通过文章的可变的随时损益来传达和保持的。所以,孔子晚年自卫返鲁之前才感慨故乡好学的青年"斐然成章,不知所以裁之"。这也正是孔子所谓"文质彬彬"的文质相复之义,也是《周易》所谓变易不易之义。汉以来的今古文相争传统、宋以来的集注和语录互补传统、"我注六经"与"六经注我"的论战传统,都活跃在这个文与质、变与不变的关系之中。所谓"文"与"献"(即文本与师承),古人或有偏重,但却未曾偏废。

而在现代学者看来,凡是古代所谓"正统"都只不过是官方强制的意识形态。除此之外,皆无所见。义理?经典?一付阙如。思想真是封闭得紧。他们就像现代游客到一处名胜古迹或博物馆，根本进不到古人的生活里面去；又像现代游客看山水，只是拍照，不会涵泳其中、可游可居。有斯人，有斯景。自己是什么，就会看到什么。现代社会是严重意识形态化的和意见统治的社会，所以现代人看到的古代也全都是意识形态和强制。义理沦丧，斯文何存？

所以，在现代人可怜的理解力和偏执的思想中，只相信挖出来的文物（严格来说，只是物，谈不上文物，因为现代学术剥离了古物所承载的文化生活），而所有活生生地经由一代一代读书人传承下来的经典文献、解释传统和生活方式都必须首先受到怀疑，而且往往是"有罪推断"的怀疑。"古"成了原罪，"新"成了好与进步的代名词。这样一种偏执封闭的信仰，却假冒"理性"之名招摇天下。天道昭昭，迟早会拨乱反正。

《礼》曰"温柔敦厚，诗教也"（《经解》）。古代治《诗》学者，多深于诗教而有中庸之德。所以，在今古文之间、文本与师说之间、义理与训诂之间、旧学与新义之间、传统与时代之间，虽难免各有偏重，但大体总能以平心观之、常理度之、权衡论之，体现了极好的理性思维和德性教养。但凡两极之间，古典教养虽亦难免偏重，但不偏废，故能中庸；现代学术却总是偏激，总想偏废一端却又不能。想偏废而不能，这是任性。兼顾而成熟，这是理性。

在古典《诗》学史上，郑康成的《笺注》体现了这种理性的追求。仔细读郑笺，我们会发现，康成所作，实非纯为毛诗之笺注，而是权衡今古、兼采四家、融会贯通的尝试，虽然这种尝试并不成功，乃至可以说多有缺憾。他的具体解说，我们可以从容探讨，择其善者而从之，不善者而改之。[1]但是，他的那种深于诗教的诗学态度和方法，却是亟待继承和发扬的。因为，我们研究诗学、重新读诗和解诗的目的，并不在于现代学院式的实证知识，也无意于任何学派的论战，而只不过是为了增进道德、学习诗教。正是在顾颉刚们认为毫无用处的地方，这部经典有它最重要的核心意义和永恒价值。

与那种不假思索的毛郑一家的印象不同，郑笺、毛诗异同随处可见。只不过，其同其异，皆如《淇奥》与《大学》所谓"如切如磋、如琢如磨"而已，绝非清代某些学术形态和现代所谓疑古革命之戾气可比。郑学传统延续至孔颖达，故其《正义》亦在毛郑之间盘桓往复；又至朱子，亦不过"旧学商量加邃密、新知培养转深沉"之意，故其《集传》多有阙疑，君子之风跃然纸上，岂有后世学者意必固我、攻讦杀伐之乖张？这番图景实是经学历史实情，现代革命叙事何知？

兴观群怨与古今中西观法之异

现代《诗》学疑经方法的基础在于现代科学的对象性观物方法，而古典诗教则奠基于古典文教的观物方法之上。所以，《诗》学古今之变的实质远不只是文本解释的不同，而是世界观差异的

---

[1] 在后面的具体诗篇解读中，我对郑笺会多有批评，但这并不妨碍我对郑学的褒扬。此亦宋人"疑经"之遗意也。子曰："唯仁者能好人、能恶人。""《春秋》责备贤者。"唯爱之，故责备之。

体现。"世界观"一词,在此是在其严格字面含义上使用,意指对于世界与事物的观看方式。

古典文教的观法可从《易经》的观卦得到启示。观卦坤下巽上,《象》曰"风行地上,观。先王以省方观民设教。"《说卦》:"巽,入也。"观卦之观不是外在对象性的观审,而是深入其中的内在观察和化民成俗。《王制》云:"天子五年一巡狩,命大师陈诗,以观民风。"毛诗大序云:"国史明乎得失之迹,伤人伦之废,哀刑政之苛,吟咏情性,以风其上,达于事变而怀其旧俗者也。故变风发乎情,止乎礼义。发乎情,民之性也;止乎礼义,先王之泽也。"[1]

这意味着,采诗观风者并不是现代《诗经》学者那样的科学考察者或艺术审美者。现代意义上的科学考察者和艺术审美者往往倾向于强调科学或艺术的"学科自律""价值中立",刻意置身于教化活动之外(其实这是不可能的,也是会带来严重后果的),把《诗经》文本及其相关历史、制度、社会人伦、感情和修辞视为"客观考察"的对象或"主观审美"的对象。无论科学还是艺术,无论研究还是审美,无论客观还是主观,现代诗学都是对象性的观。而古代太师或国史则是置身于国家政治和人伦教化的实际境况之中,为之忧喜,为之歌哭,希望通过采诗的活动沟通上下,使民怨上达,使德教普施,补文者以质,教质者以文,使先

---

[1]《礼记·王制》陈诗观风之职付诸太师,毛诗大序则任在"国史",不及太师,而同为古文经的《周礼》又以"大师掌六律六同(大通太)""教六诗",合于诗大序所谓诗之"六义",《荀子·王制》谓"禁淫声,以时顺修,使夷俗邪音不敢乱雅,大师之事也"。各种说法虽有出入,而采诗观风以辅政教之大旨则莫不相通。

进后进无不一归于礼乐教化。故孔子教弟子曰:"小子何莫学夫《诗》?《诗》可以兴,可以观,可以群,可以怨。迩之事父,远之事君。多识于鸟兽草木之名。"诗教之功大矣哉!

对于一个西化了的现代读者来说,在孔子的上述教导中,令人费解的是"事父事君"这样的人事与"鸟兽草木"这类自然事物的并置。这样的论述在西方哲学看来可能是"散漫的""毫无逻辑的"。同样的情形也会发生在一个熟悉西方绘画的读者看到中国山水画的时候可能会有的反应。中国山水画是内在于山水之中的、多角度的游于其中、居于其中的观,而不是从一个外在于画面的点出发的透视性的、对象性的观审。福柯的《词与物》曾通过委拉斯凯兹的油画《宫女》批判了现代主体的观物方式,也通过博尔赫斯虚拟的"中国式分类法"提示了一种不同的观物方式。[1]只可惜福柯并没有兴趣和能力去认真学习和思考真正的"中国式分类方法"究竟是怎么回事。

宗炳《画山水序》所谓"栖形感类"说的就是中国式分类方法。这种思想的根源在于《易经》的取象比类,也相通于《诗经》的比兴之义和诗教的兴观群怨。而且,在"兴观群怨"的诗教功用中,天人之间的"兴"(感物起兴)、"观"(观物观人)和人间事务中的"群"(君臣合同)、"怨"(上下求通)是一气贯之的。这就是为什么孔子在说完《诗》可以"兴观群怨"和"事父事君"之后,紧接着说"多识于鸟兽草木之名"的深层义

---

[1] 关于福柯对委拉斯凯兹画的解读的再解读,可参拙著《古典文教的现代新命》(上海人民出版社,2012年)的最后一篇文章。

理。在知识性的教育功能之外,"多识于鸟兽草木之名"的政教深意,正如《易》以水火雷泽知人论世、《春秋》"五始"以草木昆虫说大一统,以至于"栖形感类"的画道何以"与六籍同功"(张彦远)的深意。在《易》《诗》和书画的"观"法中,观天地四时万物与观民风民情同属一个大观之义。

程明道有诗云,"万物静观皆自得,四时佳兴与人同"。诗教观物起兴和观民采风的关联,可能就在这里。孔子所谓"游于艺"与"志于道"的关节相通处,可能也在这里。只有观到这一层,才能做到《学记》所谓"知类通达、强立不反"的要求。所以,明道那首诗的最后说"男儿到此是豪雄"。

迹与所以迹:《诗》与《春秋》的古今嬗变

"《诗经》大义发微"工作的问题意识核心之一在于古今关系的思考。不过,所谓古典与现代的关系,却并不是两个现成的东西"古典"与"现代"之间的关系。关于"古典与现代"的思考所要激发的,是那些触及人类生活根本危机的问题意识。这些问题意识由来已久。回顾经典所载的"古今之变"关键时刻,会非常有助于今天思考古典与现代的关系问题。回溯文明创始的最初时刻,亦将有助于深化古今关系的思考。所以,在进入《诗经》文本之前,有必要从孟子的一句话出发,来思考孔子之"作"的当代意义,为后面的《诗经》文本解读做好问题意识的铺垫。

关于古今嬗变的省察,孟子的这句话非常具有典型意义:"王者之迹熄而诗亡,诗亡然后《春秋》作。"(《孟子·离娄下》)这句话不仅对于春秋时期的古今嬗变有描述意义,而且对于后世的古今关系问题,乃至对于今天思考古典与现代的关系,都具有规范意义。因为,孟子的论述不只是对时代变化做一个普通的观察,而是结合六经的状况来进行这一观察。六经不只是文献汇编,而是具有政教功能的六种教化方式(参《礼记·经解》)。所以,"《诗》亡"与"《春秋》作"的嬗替,是时代风气转变的体现,也是针对这一转变而作的教法调整。六经之作因时而起,六经之教对机而发。六经之时有先后,而六教之机则都在代际转换的关键时刻。《诗》与《春秋》之际如此,《易》《书》《礼》《乐》亦莫不如此。

《易》虽起源于上古的伏羲画卦,但《易》之"兴""作"则当于商周革命之际:"《易》之兴也,其于中古乎?作《易》者,其有忧患乎?""《易》之兴也,其当殷之末世,周之盛德邪?当文王与纣之事邪?是故其辞危。危者使平,易者使倾"(《周易·系辞下》)。《书》之典谟誓诰,亦多类此。《礼》之兴作,则当于三代之变。《礼运》记录了从上古到三代的变化,以及礼在此变化中的作用。在从"天下为公"到"天下为家"的转变中,才有礼的急迫意义("如此乎礼之急也")。礼乐之兴作,是要在"天下为家"的时代,继续在"家"和"国"中楔入"天下"的公义,虽然在后世的礼仪实践中,礼之运往往被迫停滞下来,变成僵固的教条,而公义也被盗用为私利的遮羞布。[1]至于

---

[1] 关于《礼运》的更多相关分析,可参拙文《年龄的临界》,见收拙著《道学导论(外篇)》,华东师范大学出版社,2010年。

《乐》之亡佚，则更以突出的方式体现了时代变化加诸经典的困厄。

严格说来，"王者之迹熄而《诗》亡，《诗》亡然后《春秋》作"的"诗"不应该加书名号。"《春秋》作"作的是《春秋》这本书，"诗亡"亡的却不是《诗经》这本书。"诗亡"指的是王者巡守之迹和太师陈诗之制的消亡，以及诗大序所谓"上以风化下、下以风刺上"的风诗政教生活的荒废，还有班固所谓"成康没而颂声寝、王泽竭而诗不作"的颂诗礼乐生活的衰微。"王者之迹熄而诗亡"的同时，恰恰伴随着《诗经》文本之迹定型的开端。文本之迹越昭然稳定，王者之迹越衰微熄灭。

"诗亡然后《春秋》作"是一个决定性的转折。这个转折的深刻意义在于，它不只是一个发生在春秋时代的历史事件，而是一直延续到今天的当代事件。这不只是说它的影响一直持续到现在，而是说今天仍然处在这个未竟事件的持续进行之中。因为，从孔子"作《春秋》"开始，王道的理想就只能寄希望于一本书而不是一个血肉之躯的人。公羊学所谓"以《春秋》当新王"的"春秋"，正如孟子所谓"诗亡而后《春秋》作"的"春秋"，都是要打书名号的。"书"在这里不只意味着文本文献，而是意味着"经"，道路意义上的"经"、生活方式意义上的"经"。"以《春秋》当新王"字面意义是让一本书来当新王，实则包含着"经"作为"道"的期许。

严格来说，春秋并不是一个朝代的名称，因为那时还是周代。在"客观历史"的意义上，根本就不存在一个叫作"春秋"的朝代。"春秋"作为时代的名称，来自"以《春秋》当新王"

的经学理想。这个理想至今并没有实现,所以,"春秋"作为一个规范性的时代命名,至今仍不失其理论意义。在客观历史的意义上,"春秋"从来没有存在过;而在经学规范的意义上,即以经学规范现实和未来的意义上,"春秋"的时代一直到今天乃至将来还在持续。往往是这样:越是"不存在"的东西,越具有永恒意义。周史官老子云:"道可道,非常道;名可名,非常名。"

孔子作《春秋》之后,此前"子所雅言"的诗书执礼也都获得了新的意义。此前,诗书礼乐都还是王者之迹的现实体现;此后,《诗》《书》《礼》《乐》都成为王者之迹的文本体现。"王者之迹熄"之后,文本之迹开始承担王者之迹的功能。这是"以《春秋》当新王"时代的崭新问题意识。当然,新的困难也开始发生:人是活的,文本是死的,如何以死的东西来规范和引导活的东西?如果不可能的话,所谓"王道"还在吗?所谓"以《春秋》当新王"是不是意味着王道实际上已经终结了?迹,道之迹也;道,迹之所以迹也。所谓"王者之迹熄而诗亡,诗亡然后《春秋》作"是意味着在"迹熄"之后,道还可以借文本的编纂和解释来维系?抑或,所谓"迹熄"根本上就意味着道之行于地上已经不再可能?所以,孔子才再三浩叹"道其不行矣夫"(《中庸》)?

《春秋》之"作"是"写作",不再是制礼作乐意义上的"作",虽然《春秋》的写作在其"书法"中寓含着后者。不过,无论《春秋》寓含多少制作之意,它也只能通过一种曲折隐微的方式来借助文本立法,而且只是寄希望于未来的立法,甚至只是"知其不可而为之"的立法。另一方面,孔子晚年的《春秋》之

"作",也不同于早年对于"诗书执礼"的"述而不作"了。"述而不作"所述的正是"王者之迹"。"述而不作"的前提是"王者之迹"仍然在场,弘道只需循迹即可。而一旦"王者之迹熄",则不得不有所"作"。只不过"非天子不议礼、不制度、不考文"(《中庸》),所以孔子只能以经典编纂与微言讽喻的"著作"形式来"作"。以"著作"来从事不可能的"制作",这便是经学或经典解释的基本问题意识,以及经学需要时时面对的根本困难。这个困难一直延续到今天,仍然是今天思考经典与时代问题意识关系的核心。

在孔子"作《春秋》"之后的春秋战国时期,六经与当时社会状况的关系已经成为诸子百家共同面临的普遍问题,不只是后世所谓"儒家"的问题。譬如《庄子》就在这一问题意识之中。如果不从六经的问题意识出发,对于《庄子》的理解可能会是片面的,譬如说有可能只是从后世的"道家"或"道教"出发对《庄子》的重构。从《天下》篇,我们可以看到庄子显然是在六经的问题语境中讨论问题的。庄子虽不引《诗》,但其寓言写作与《诗》的关联可能比形式上的引《诗》更紧密。庄子虽不从历史角度"庄语"正言齐桓晋文之事,但其讽喻性的"谬悠之说、荒唐之言,无端崖之辞"可能是《春秋》书法的另类表达。实际上,《春秋》公羊学的"非常异议可怪之论"又何尝不是一种另类书法?

《庄子·天道》的"轮扁斫轮"寓言,寓含了庄子对这一问题的思考。在轮扁看来,文本都是"古人之糟粕",不可能传达"圣人之言"。与文本的记载和传达效能相对,活人之间的口耳相传乃至手把手教学似乎更为可靠。尤其对于斫轮这样的身体技术来说,似乎尤其应该如此。但令人惊讶的是,轮扁并没有诉诸这一点。他不但否定了文本传达的可靠性,也同样否定了身教的可能性:"臣不能以喻臣之子,臣之子亦不能受之于臣,是以行年七十而老斫轮。"身教是"迹"的在场之教。身教的无效意味着"迹熄"的处境。文本对于"道"的传承或可克服"迹"的依赖,但也同时增加了"隔"与失真的风险。所以,轮扁能诉诸的可靠来源似乎只有自己的实践经验和心灵感悟——"得之于手而应于心"。

当然,轮扁斫轮的学习不可能完全没有外部环境。他只是在强调,一切教学之所以能发生的前提是自己的身心投入。而这正是"经"之为"经"的真实存在方式,或者说,这是"经"作为"经"发挥作用的真实方式。经不只是文献。经是心去认取和引以为己任的道。如果没有"为己之学""反身而诚",无论"文"(文本之传)还是"献"(口耳相传),都是无济于事的。"子畏于匡,曰:文王既没,文不在兹乎?天之将丧斯文也,后死者不得与于斯文也;天之未丧斯文也,匡人其如予何?"(《论语·子罕》)即使孔子不幸遇难,文本也不见得会因之而失传,但仍然会发生"后死者不得与于斯文"的状况。可见文本并非斯文之命的足够保证。一个一个具体的斯文在兹的人,才是斯文之命的传承条件。庄子以一种寓言的方式揭示的经学深层处境和经之为经的真实存在方式,可能比任何一种教条的经学观点都要更加接近孔子的问题意识。庄子关于孔子的所有寓言,无论是褒是贬,可能都需要在经学的问题意识中重新解读。

孟子说孔子作《春秋》的心迹是"其事则齐桓、晋文,其文则史。孔子曰:其义则丘窃取之矣"(《孟子·离娄下》)。"窃"不是今人理解的偷窃,而是"窃喜"的"窃",是心的活动。"窃取"就是心取。在《春秋》"书法"的文本之迹中透显的和隐含的,是孔子的心迹。作《春秋》的过程,就是把《春秋》鲁史的文本之迹转化为心迹的过程。这个转换是困难的,因为在鲁史的文本之迹中,"王者之迹"完全不见踪影,到处充满了僭越、篡弑、不义、诈伪、掠夺。如果不对这些时代乱迹的史记进行"取义"的写作、心之"窃取"的寄托,"晋之《乘》、楚之《梼杌》、鲁之《春秋》"依然可以流传,只不过随之而行的不再是道义,而是"王者之迹熄"和"道其不行"之后的无道之迹。这样的文本流传非但无关斯文之命的传承,反而正是斯文之丧的表现。

《诗》亦如是。毛诗大序云:"诗者,志之所之也。在心为志,发言为诗。"读《诗》不求其志,则不得与于斯文。《左传》引诗,《论语》引诗,《孟子》引诗,莫不是引诗言志。汉代以来,以《诗》为教的《诗经》经学解释,也是这个大传统的延续,虽然与《语》《孟》引诗相比,后世《诗经》经学难免于刻板化的缺点。导致这个缺点的原因在于:后世解释者只能面对文本之"迹",无法直面"所以迹"。而《诗》之所以为诗,正在于诗虽已落形迹之言,但却能"依于本源而居"(荷尔德林《漫游》),距离"所以迹"还不算远。

为什么孔子"兴于诗,立于礼,成于乐"(《论语·泰伯》),"子所雅言,诗书执礼"(《论语·述而》),皆以《诗》为六艺发端，应与此有关。《礼记·经解》亦以诗教为首，《庄子·天下》篇谈及六经时亦以《诗》为首："《诗》以道志，《书》以道事……"《诗》所以为首者，在于其兴发之力。能兴发，所以能言志；能言志，所以能"溯游从之"（《秦风·蒹葭》）。诗者志也，诗者之也，志之所之者，道也。诗者时也，诗者持也，时时持之者，心也。《诗》云"蒹葭苍苍，白露为霜，所谓伊人，在水一方"，迹之求所以迹也。

"所以迹"有两个方面：一是《诗》之所以作的"王者之迹"，一是孔子编《诗》的心迹。这两个"迹"都关联着"道"。它们之间的关系，在孟子的话"王者之迹熄而诗亡，诗亡然后《春秋》作"中，已经交代得非常清楚。"王者之迹熄"之后，孔子编修六经的心迹成为后世读者追溯天道和王者之迹的唯一中介，而孔子的心迹又必须通过文本之迹才能隐约透显。好在中国文字的文本之迹"近取诸身，远取诸物"，通过"象"而关联"道"，不同于西方拼音符号的语音中心主义。所以，如果我们向上追溯到中国文字和《易经》取象的开端，或有助于面对古今之变的困境。包括"王者之迹熄而诗亡，诗亡然后《春秋》作"的经学通古今之变的问题意识，或许也可以得到深化。

迹与所以迹：《易》与六经的斯文之命

中国经典的排序史经历了一个以《诗》为首逐渐转向以《易》为首的过程。《易经》逐渐取得群经之首的地位主要不是出于历史的和文献学的理由，而是出于义理的考量。经典必须由文字记载，而《易经》在义理上被认为产生于文字创生之前。经典是迹，文本之迹，而《易经》却被视为"所以迹"的说明，虽然这一说明仍然需要"迹"的帮助。不过，《易经》之"迹"首先并不依赖文字，反倒，根据自古以来流传的观点，文字的创造必须在《易经》取象的基础上才能发生。一画开天的伏羲画卦为文字的创造奠定了基础，而文字的创造却要等到黄帝史官仓颉的时候才开始发端。这种传统观点是否能通过实证史学的检验并不重要，因为它提请人们思考的问题恰恰是历史学自身何以可能的问题。

《易经》并不只是来自远古，更重要的是，它来自原古。远古无论多远，都在历史之中。而原古，却在历史的开端。开端自然也属于过程的一个部分，但却是过程中非常特别的部分，因为在此之前还没有这个过程。所以，开端处在历史与元历史的临界点，是使历史成为历史的起点。历史从这个起点开始，但这个起点本身却不能完全被降解为历史过程中的一个普通时刻。在开端时刻，"历史主义"将遭遇其界限。

譬如虞世南《笔髓论·原古第一》论书法史的"八体"之前，必须先有仓颉造字的"六书"。"六书"是书法史所以可能的前提，但它本身并不属于书法史。当然，另一方面，"六书"也内在于书法史的每一个时刻，因为任何书法都是以"六书"为前提的。开端之于历史的关系，也是这样的。开端一方面不可降解为历史，另一方面也内在于历史的每一个时刻。由此可见，所谓古今关系问题，实际上可以区分出两层含义：一层是历史内部的古今关系，如秦汉关系、唐宋关系等等；一层是元历史的古今关系，即开端与历史的关系。关于《易经》和文字开端的考察，有助于我们从第二层意思入手,深化古今关系思考的问题意识。下面我们就来做这样一个考察。

《易经》的第一个字还不是字,而是文字的本源:一条线——乾卦初九的阳爻那一道横线。而且,虽然古书的读写顺序是自上而下,但这条线并不出现在最上面的位置,也就是说,并没有出现在几何意义上的开端位置,而是出现在乾卦六条阳爻横线的最下面,从下往上画卦。这就像书法中写"一"字的起点并不在最左边的端点,而是从右边逆锋起笔,隐藏在笔画的中间(即使"露锋起笔"的实际起点也在右边的空中)。同理,乾卦初九的那一条横线作为"一画开天"的开端,并不发生在世界发生之前,而是隐藏在世界的发生之中。所以,"一画开天"与《创世记》或《神谱》式的创世神话有本质的区别。后者讲述的是开创历史的一次性行动,而"一画开天"说的是每一个时刻的世界发生,一直到当下的每一刻发生。所谓"天行健,君子以自强不息",所谓"四时行焉,百物生焉",所谓"苟日新,日日新,又日新",说的都是这件事情。《易》之"不易"与"简易"所以能见之于"变易"者,以此。

从初九到上九,从下面的第一道线到上面的最后一道线,乾卦画完了世界发生的六个基本时刻。文字的出现(卦辞"元亨利贞")是在自下而上的画卦动作完成之后,从"上九亢龙有悔"处折返,回到"初九潜龙勿用"之下,重新开始书写的。文字是亢而有悔之后的结果。文字即使在最少的时候,也已经是太多了。所以,好的文字总是能把自己隐藏于事物之后。文字在显现事物的同时,抽身隐退。在引人入胜的阅读中,读者眼前只看到事情的栩栩发生，看不到文字。在不知其然而然的文章写作和书法书写中，作者心中只有思想感情的流动或纸笔相触的感觉连绵。文字此时不是现成的工具，而是在书写中方才活生生地诞生。卦爻亦如是。六十四卦，三百八十四爻，并不是现成的"预测工具"，等待事物来"对号入座"，而是在每一件事情发生的同时，方才即时地发生出来的。所以，《系辞传》云："《易》不可为典要。"

关于"元"与初九阳爻一线开端的关联，《说文解字》提供了线索。与《易经》形成一种对应，《说文》的第一个字是"一"，对应乾之初九；第二个字是"元"，对应卦辞开头的"元"。《说文》对"一"的阐释，可视为对《易经》乾卦初九那一线开端的脚注："惟初太始，道立于一。造分天地，化成万物。"这个解释在现代文字学看来几乎毫无价值，正如《易经》的"神秘主义"在现代哲学看来只不过是原始蒙昧的遗存。

然而，如果我们能抛开现代人狭隘的偏见（这恰是"批判思维"的基本要求），如实地面对古典文本并与之对话，我们会发现《说文》对"一"字的解释说出了人类文明的初始经验："一"既是一画判分（"造分天地"），又是自一持存（"道立于一"）。事物的出现和人类自我意识的获得，都源于"一"的判分；同时，多样性世界的存在维系于"一"的统一性。每一个具体的人和事物的存在是"一"，所有人与事物存在于其中的世界的存在也是"一"。如果没有"一"的判分，事物和人都无法从混沌中绽出；如果没有"一"的原初统一性，绽出的文明世界也无法持存。《中庸》云"不诚无物"，"诚"就是"一"。

"一"只是一个字,只有一横,却同时是判分与合一。文明之为文明,首先在于能分(文明为离卦):区分天人物我,区分万物。而区分之为区分,正在于一个东西是一个东西,或者说在于这个东西的相对不可分。就人而言,这个不可分性甚至是绝对的:所谓个人(individual)的本义就是不可分的绝对性、自一性。如果没有不可分的自一性(无论相对意义上还是绝对意义上的),区分是不可能的。这个经验是如此基本,以至于它构成了文明生活所以可能的基础。文明的开端和延续,都维系于区分和同一的吊诡并存。只有从这个初始经验出发,现代文明才能找到自我理解的根据。貌似脱离古典的现代文明,并不能真的脱离古典。它只是在不自觉地挥霍古典资源,逐渐挖空自身的根基。古典并不等于古代。现代与古典的关系并不是现代与古代的关系,而是时代与永恒的关系。这个关系存在于任何时代,而对于现代来说尤其重要。因为,这是古典被误解和遮蔽得最严重的时代,这是永恒最匮乏的时代。

一是分也是合,这也许意味着:阴爻阳爻本来只是一道线。这一道线在阴爻中断开,是象"一"之"分";这同一道线在阳爻中连续,则是象"一"之"合"。阳爻一画,是一个爻;阴爻貌似两画,也只是一个爻,并不是两个爻。阴爻之"二"本质是"一"之"分","合"自在其中。另一方面,阳爻之"一"也不是单纯的"一",而是有"二"在其中。《说文》"爻,交也"。一爻之为一爻,并非只是自己,而是已经内涵他物与之相交。以此义解"用九""用六",可以贯通乾坤及其所生六十二卦。"用九"之义,九为老阳,阳极生阴,故"用九"则阳已交阴,是为阳交。阳交即阳爻。"用六"之义，六为老阴，阴极生阳，故"用六"则阴已交阳，是为阴交。阴交即阴爻。"爻，交也"，故阳爻者，阳交也，阳之交阴也；阴爻者，阴交也，阴之交阳也。六十二卦虽无"用九""用六"之辞，但阴爻莫不称六，阴爻莫不称九，可见"用九""用六"虽就乾坤而言，但不仅限于乾坤明矣。乾所以用九不用七者，乾为天为父，大生者也；坤所以用六不用八者，坤为地为母，广生者也。用七用八，则少阳少阴之数不变，乾自为乾、坤自为坤矣。乾自为乾、坤自为坤，则乾坤何以大生广生乎？故《易》于乾坤特标"用九""用六"之义，所以示乾坤大生广生之德也。

《说文》"一"条下录有古文"弌"字。现代文字学一般认为这只是出于防伪考虑的字形繁化，类似于今天通行的大写"壹"字。这当然是一种合理的解释，不过，似乎不能穷尽这个字的意蕴。作为"造分天地，化成万物"的"一"字古文，"弌"的意义不容小觑。"弌"从"弋"从"一"。这意味着什么？《说文》："弋，橛也……象物挂之也。""一"造分天地而化成的万物，一一挂在弋上便是弌。这不正是《易》卦之象吗？

"《易纬》云，卦者挂也，言悬挂物象，以示于人，故谓之卦"（孔颖达《周易正义》）。每个卦都是一个卦象之弌，每个字也都是一个卦物之弌。文字挂示万物，犹如《周易》卦示万象。道迹之间所以能究天人之际者，以此；古典与现代之间所以能通古今之变者，以此。孔子晚年之所以"赞《易》""作《春秋》"并行者，亦以此也。文本之迹如无卦象万物之义，则"作《春秋》"亦将无能于应对"王者之迹熄而诗亡"的古今之变，更不可能对后世乃至对今天的现实仍然具有规范性的政教意义。在这个历史主义泛滥的时代，古今之变的历史问题，仍然需要从"通古今之变"的经学思考中得到启发。所以，六经中最能体现永恒天道的、最有"反历史主义"特质的《易经》，可以为《诗》与《春秋》以及其他所有经典的重新阅读提供一个通达古今的视野，使古代经典的当代解释成为富有现实意义的工作。本书的"《诗经》大义发微"工作之所以常常谈及《易》象，以《易》解《诗》，原因就在这里。

《易》之于《诗》学的意义在于提示迹与所以迹的关联并不会因为"迹熄"而中断。"王者之迹熄而诗亡"之后，王者之迹的诗教生活成为文本之迹的《诗》学经典。但《诗经》文本虽然是"王者之迹熄"的消极产品，却也是能在王者之迹熄灭之后指示王者之道的线索。在这个意义上，《诗经》的每一个"鸟兽草木之名"都可以视为《易经》卦爻式的物象，成为指示"所以迹"和诗义所寄的线索。于是，在物象之迹中，在文本之迹中，亦可以目击而道存焉。

所以，虽然"王者之迹熄"的"熄"成为永远的"熄"，但"《春秋》作"的"作"却可以是持续的"作"；虽然"王者之迹熄而诗亡"，但诗亡而后的《诗》学之兴却可以成为"如将不尽，与古为新"的兴。《诗》云"周虽旧邦，其命维新"，其在是乎？其在是乎？子畏于匡而叹"天之未丧斯文也，匡人其如予何"（《论语·子罕》），未尝叹命也。故知天命之所系，系于斯文也。斯文，迹也，而所以迹者亦在焉。

故吴季札观乐于鲁，韩宣子观易象与鲁春秋，而叹周礼尽在鲁者，以斯文不坠，则"骏命不易"矣（《诗经·大雅·文王》）。"《诗》云：'维天之命，於穆不已'，盖曰天之所以为天也，'於乎不显，文王之德之纯'，盖曰文王之所以为文也，纯亦不已"——《中庸》之所以如此并置"天之所以为天"与"文王之所以为文"，正是因为有见于天命之不已与人文之不坠，原本是一个大生命的生生不息。

《易》云"观乎天文，以察时变；观乎人文，以化成天下"（《贲·象传》）。天文人文虽有不同，而所以观之者一也。《易》之所以为《易》者，未尝不是出于"纯亦不已"的天命流行，以及生生不息的人文创生。无论《易经》如何本质地揭示了"所以迹"的天道运行，《易》象与卦辞爻辞毕竟只是天文与人文之迹。但孔子的赞《易》行动打开了天文人文之迹中所蕴含的不断朝向所以迹的可能性，从此为每个时代的经典解释提供了源源不竭的动力，使经典解释工作成为每个时代最具当代性的文化新生力量，成为其所当时代的"当代"之所"当"。

绪论之三:《诗》兼经史义理

经史与义理的关系,是《诗经》经学阐释的关键。无论在经学史中,还是在理学史中,经史与义理莫不既蕴含着张力,也发生着相互开启。在王船山《诗广传》中,这种双重关系得到了深刻的体现。在展开《诗经》的逐篇解读之前,有必要把船山《诗》学作为典范案例做一点考察,以便为后面的具体解读找到方法论的启发。当然,此绪论的目的不在船山《诗》学的专题研究,而在以船山论《诗》为向导,探问《诗经》之所以为《诗经》的本源。

在船山的《诗经》阐释中,经史和义理之间的必要张力成为相互开启的积极因素,而不是表现为"思想与学术"之间的相互贬低。船山之所以能为六经"开生面",很大程度上有赖于他能处理好经史与义理之间的关系:既保持两者之间的必要张力,又积极利用这一张力来深化经史、落实义理。以义理深化经史，以经史落实义理。这一点在船山的《诗》学著作中有突出的体现。所以，下面不妨从船山《诗广传》所论《周南·关雎》和《周颂·载芟》两篇的关系出发，考察船山《诗》学中的经史和义理是如何相互开启的。而且，由于较多涉及《诗经》开篇的《关雎》，以及与之关系紧密的《周颂》，所以，此一绪论正好可以为正文第一篇的《关雎》解读做好铺垫。

"文以用情"：性情相复、文质相救的经学历史意识

船山没有给《诗广传》专门写作一篇序言，但第一篇《论关雎一》实际相当于全书总序。这种做法其实是承自汉代今古文四家诗说的传统。毛诗"大序"也是就《关雎》而发，并不在具体诗篇之外。《韩诗外传》中最有全《诗》总序性质的论说也出自《关雎》的评论："大哉《关雎》之道也，万物之所系，群生之所悬命也！""夫六经之策，皆归论汲汲，盖取之乎《关雎》，《关雎》之事大矣哉！""大哉！《关雎》乃天地之基也"（《韩诗外传》卷五）。《韩诗外传》是齐鲁韩三家诗说唯一完整流传至今的文献，由之可见今文《诗》学论《关雎》之一斑。

至于《关雎》具体诗旨的争论，或以为周康王宴起而毕公作《关雎》以美古之君子淑女而讽今（鲁诗），或以为"后妃之德"而淑女即后妃以配君子（毛诗），或以后妃更求淑女为妾以配君子而歧解毛义（郑玄、孔颖达之歧说也，毛诗序传皆无此说），或以君子淑女为文王太姒（欧阳修、朱熹），对于船山来说，可

能都不是重点。船山并不纠缠这些具体解释的是非优劣，而是回到《关雎》本身，思考诸家诗说背后共同的诗教大旨，以及经文所言种种微细之物背后的大义。《诗广传》解诗，多以此法。

这是一种义理之学的态度。只不过，这种义理之学不是抽象思辨，而是无往不结合具体的经典解释来展开。所以，这是一种经学形态的义理之学，也是一种义理形态的经学。这并不是船山的创造，而是回到经学和理学本来应该具有的形态。船山所谓"六经责我开生面"不是"我为六经开生面"。他所谓"生面"恰恰是经典本来应有的面目，或至少是想要回到本来面目的尝试。在《诗广传》的每一篇，读者都可以看到这种尝试的努力。

船山《论关雎一》开篇纵论夏商周三代，亦犹郑玄《诗谱序》追溯上古源流之意。只不过，郑玄用意主要在叙述历史沿革，而船山之思则立足于性情文质的义理思考和《诗经》诗教的政治得失。郑玄是一种历史的经学意识，船山是一种经学的历史意识。经学之为经学，正在于历史和义理之间。经典是体现义理的历史，也是演绎历史的义理。偏重历史和义理的任何一方，使一方取消另一方，经学就不再存在。没有历史的义理只是概念，没有义理的历史不过是故事。解《诗》特别有助于历史和义理的结合，因为"诗人的职责不在于描述已经发生的事，而在于描述可能发生的事……所以，诗是一种比历史更富哲学性、更严肃的艺术，因为诗更倾向于表现带普遍性的事，而历史却倾向于记载具体事件"[1]。

---

[1] 亚里士多德《诗学》1451b，陈中梅译本，商务印书馆，1996年，页81。

《易》自伏羲，《书》断尧舜，《春秋》始鲁隐公。六经各有其断代的经学历史意识，而且，这种历史意识无不伴随着一经之为一经的基本义理。孟子所谓"王者之迹熄而诗亡，诗亡然后春秋作"（《离娄下》），是对这种经学历史意识的典型表述。在经学的历史意识中，重要的不只是经典所涉历史材料的时代有别，更重要的是《诗》何以为诗经、《春秋》何以为春秋经的基本义理。船山《论关雎一》的纵论三代，之所以不同于郑玄《诗谱序》的源流追溯，正在于此。船山要思考的不只是《诗》之历史性来源，而且尤其是《诗》之为诗的义理根据。所以，《论关雎一》开篇就说："夏尚忠，忠以用性；殷尚质，质以用才；周尚文，文以用情。"

船山在此思考的问题涉及《诗》之为诗的根本、周之为周的本源。"诗以言情"（《诗广传·论扬之水（王风）》）。情的表达，特别是属于诗的；而诗之盛在周文礼乐中有突出的表现。诗三百，绝大多数都是周诗。此前，"夏尚忠，忠以用性"：忠是诚的，性是直的，无待诗之曲折传情。"殷尚质，质以用才"：质是朴素的，才是干练的，无用诗之文贲附丽。只有"尚文"的时代，才适合以诗为教，陶情以达性，文质以彬彬。这是一种来自《易》与《春秋》的性情相复、质文相救的经学历史意识。

情是内在的感受；歌咏为诗、见诸文辞就是"白情"。"白"是诗教的基本方式，是出于"性"之"忠"的要求。中心有感，白之于文，就是诗。所以，船山接下来说："质文者，忠之用；情才者，性之撰也。夫无忠而以起文，犹夫无文而以将忠，圣人之所不用也。是故文者，白也，圣人之以自白而白天下也。匿天下之情,则将劝天下以匿情矣。"

这里,船山所谓"圣人"显然是指文王。所以,船山显然是接受了朱子《诗集传》的《关雎》解释,以诗中"君子"为文王,以"淑女"为太姒,不存在后妃为君子再找媵妾之类的解释。[1]"后妃求妾说"纯属郑玄臆构,不合毛诗,也不合"诸侯一娶九女"的礼制。所谓"一娶九女"是一次性完成的事件,不可能再去找媵妾。且婚礼"父母之命,媒妁之言",绝无委诸后妃去找媵妾的淫礼(后世受郑笺误导,有这么做的,另当别论)。毛传明言"窈窕淑女,君子好逑"是"后妃有关雎之德,是幽闲贞专之善女,宜为君子好匹",绝无以"淑女"为媵妾,后妃求之以配君子的道理。所以,从欧阳修开始,历代质疑郑笺的人越来越多,虽然郑笺被奉为"正统"传承谱系的一个环节,而且在很大程度上被混同于毛诗,乃至取代毛诗,让毛诗为郑笺的各种歧说买单(欧阳修《诗本义》论《关雎》就没有注意到毛郑之别)。

实际上,在一种过度"文化"的氛围中,朱子、船山以《关雎》之"君子"为文王、"淑女"为太姒的解释方式是需要勇气的。因为,根据这种解释,圣人竟然也是有爱情的:会因爱情的挫折而"辗转反侧""寤寐思服",也会因爱情的幸福而"琴瑟友之""钟鼓乐之"。这自然是真实的圣人,而且惟其如此,才是真实的圣人。然而,在《诗经》自身所由产生的时代之后,在一

---

[1] 朱熹《诗集传》,中华书局,2011年,页2。后文引此书,仅给出书名和页码。

个过度"文化"的经学中,这样的解释是难以被人接受的。这大概也是郑玄要编造一种明显不合礼制的"后妃求妾说"来解释《关雎》的原因。因为只有这样,他才能规避圣人的哀乐,把它转嫁给后妃。在这种过度"文化"的经学看来,圣人是不可能求取淑女的,更不可能因之而哀、因之而乐。

从这种经学观点出发,《昏义》亲迎之礼不过是例行公事的仪式而已,不可能体现为活生生的"君子好逑"。《易经》泰卦的乾下于坤也不过是符号而已,不可能意味着君子求取淑女的具体含义。《诗经》原有的活泼生活,固然不是现代《诗》学所构想的那种浅薄"浪漫"图景,但也不应该是教条化经学的去生活化图景。现代《诗》学对传统经学道德化解释的批判当然是浅薄的,但道德化解释的深度似乎也不一定要通过牺牲生活的活泼性来达到。《诗经》经文本身所体现的礼乐状态,《礼记》所描述的礼乐生活,本来都是"情深而文明"的。刻板僵化不是道德的必要条件,反倒是教化的障碍。

所以,在这种形式化、教条化、去生活化的后世经学看来,对于《关雎》的解释,圣人必须被"保护"起来,让他藏在幕后,"匿其情",无情无欲,无哀无乐。一切感情的真挚和波澜,都只能转移给后妃,无论转移之后的画风是多么荒唐:后妃求妾不得而"辗转反侧""寤寐思服",后妃求妾得而"琴瑟友之""钟鼓乐之"。这是礼乐吗?这是荒唐。这是诗教吗?这是邪淫。"一娶九女"之后,还去选妾,而且以非礼的方式让后妃去选?即使后妃能做到不淫其色、不妒忌,也是非礼亡国之举。读一下襄楷谏汉桓帝的奏疏,就知道这种非礼亡国的危害了:"昔文王

一妻，诞至十子；今宫女数千，未闻庆育。"(《后汉书·襄楷传》）

这种后宫三千、荒淫亡国的非礼之乐，在船山看来，属于"幽而耽"的淫乐。其源正在于"匿其情"："匿其乐，乐幽而耽。"(《论关雎一》）相反的情形，便是船山说的圣人"不匿其乐"，也就是孟子对齐宣王说的"王如好色，与百姓同之，于王何有？"(《孟子·梁惠王下》）。好色之乐本身不是问题，问题在于你是"匿其乐，乐幽而耽"以至于荒淫，还是懂得"不匿其乐""与民同乐"而能"乐而不淫"。诗教乐教之义，正在于此。哀亦如之，宜"白"不宜"匿"："匿其哀，哀隐而结"。无论哀乐，在船山看来，《关雎》都是"圣人白情"的典范："'悠哉悠哉，辗转反侧'，不匿其哀也。'琴瑟友之''钟鼓乐之'，不匿其乐也。"

"实函斯活"：经史涵养中的义理生发

"白情"是否意味着毫无节制的"宣泄""表达"呢？当然不是。船山说："忠有实，情有止，文有函，然而非其匿之之谓也。"忠是有性之充实的忠，并非一味简单的"直率表达"。情是性的合度表现，故有止。《中庸》云："喜怒哀乐未发之谓中，发而皆中节之谓和"。"未发之中"是充实于中的性，也就是"忠有实"。"发而中节之和"就是"情有止"，所谓"发乎情，止乎礼"。如此，则"白情"之"文"就自然是"有函"的了。只不过，中心之实、情发之止、文辞之函虽然都有内在之象、节制之义,但绝不是压抑的、隐匿的,"非其匿之之谓也"。

如何才能做到"情有止"而非"匿"、"文有函"而能"白"?"情有止"在"忠有实"和"文有函"之间。所以,问题的关键似乎在"实"和"函"的关系上。对于这个看上去纯属义理之学的问题,船山却通过经学训诂的方式给出了回答。在《诗经稗疏》论《载芟》篇的"实函斯活"条下,船山考察了"实"与"函"的关系:

> 函之于含,义不相通。含,中所含也。函,外所函也。于此不审,遂以"实"为种谷,"函"为函气,不知函者,谷外之郭壳也。凡藏种者,必暴令极燥,中仁缩小,不充函壳。迨发生之时,播之于地,得土膏水泽之润足,则函内之仁充满其函,而后苗芽愤盈,以出于函外。函不实则不活,故曰"实函斯活"。传、注未达此理耳。[1]

这条字义训诂的意思,在《诗广传·论载芟》中,船山概括得更精炼:"实,充也;函量也。充其量斯活矣,故曰'实函斯活'。"在毛传和郑笺的解释中,"实"只是一个名词,意指谷种。而船山训之为"充",把它理解为一个动词。"函"则相反:毛郑解为动词或表状态的副词,意为"含生气"。种子含着生气,所以能活,这是传笺之意。中仁遇水扩充,胀满谷壳,然后活气生发,这是船山之意。显然,毛郑之意是静态的描述,认为生理只是种子内含的性质;船山之意则是动态的生发过程,以"实"为

---

[1]《船山全书》第三册,页210。

"充",以"函"为"量",以"实函斯活"为"充其量而发芽"的仁性推扩:

> 君子有取于此(指"实函斯活"),以似仁焉。函之中,仁也,仁则活之理赅而存焉,仁则活之体赅而存焉,仁则活之用赅而存焉,然而必于实矣。函之所至,无不至焉;与函相得,无不浃焉。函之所透,不容已而透矣,然后活矣。先此之理,待此而叙;先此之体,待此而固;先此之用,待此而兴。蕴之乃以氤氲之,流之乃以条理之,浑之乃以发挥之。坚而朴,神塞而形閟者,逮乎此而灵善以津洽矣。大哉,实之以效仁之功乎![1]

通过种子发芽过程的精微取象,船山生动地描述了仁性扩充的具体工夫。如此看来,训诂上关于"实""函"字义及"函""含"区别的讨论,对于船山来说绝不是"饾饤之学",而是蕴含着深刻的义理辨析。"实函斯活"的传笺释义反映的是毛郑对于仁性的静态化理解,船山释义则反映了一种工夫论的仁学理解方式。这个差别对于理解《关雎》篇的不同解释,也是至关重要的。《载芟》是《周颂》的一篇。船山解《周南》虽然在前,但他解《周南》的很多思想,可以在他的《周颂》解中找到注脚。本于《雅》《颂》,以解《国风》,可能是船山《诗广传》未曾明言的方法论。

从《论载芟》的"实函斯活"训诂及义理辨析,反观《论

---

[1]《船山全书》第三册,页500–501。

关雎一》的"忠有实、情有止、文有函",可见船山诗教思想的关键在于"充其量"的工夫论仁学。情之发与止、文之白与函,一本于性之充实工夫。天命之性有其自然节度,性之顺遂既畅情亦节情。性之畅情,非淫其情;性之节情,非匿其情。如此,则情之发诸文,白而有函。畅情,所以"文者,白也";节情,所以"文有函"。船山同时强调的白情不匿和情止文函,是相反相成的一体两面。这个"一体"就是"忠有实"的性,"两面"就是"实函斯活"的扩充张力。

把船山《论关雎》《论载芟》放到一起来读,可知"匿情"貌似紧闭谷壳、谨守仁体,实则废用灭体,使仁体成为《论载芟》所批评的"空之仁"(指禁欲宗教的自性发明)。如此,则壳中之仁虽能"函气"(据毛郑解),但如果不能充仁以破壳、破壳而发芽的话,就相当于《论关雎》所谓"匿情"或不能"自白而白天下"了。这样的话,结果是很严重的。就《载芟》而言,这将意味着阴阳否隔、生气郁闭,谷物不能发芽,天地不能生物;就《关雎》而言,则将意味着夫妇之道不通,诗教不行,人道或几乎息矣。所以,在《论关雎一》中,船山在讲了"周尚文、文以用情"的正面情形"圣人白情以白天下"之后,又谈到负面的"匿情"可能导致的严重后果:

> 周衰道驰,人无白情,而其诗曰"岂不尔思,畏子不奔",上下相匿以不白之情,而人莫自白也。"夫人自有兮美子,荪何以兮愁苦。"愁苦者,伤之谓也。淫者,伤之报也。伤而报,舍其自有之美子,而谓他人父、谓他人昆;伤而不

报，取其自有之美子，而视为愁苦之渊薮，而佛老进矣。

男女之间的匿情或不白私情，与谷壳里面"空之仁"的绝缘内修，都有可能导致人道之隳。前者之淫显而易见，后者之淫却往往披着节制的外衣（不发芽、不生、修空性）。这两者貌似毫无关系，甚至相反，船山为什么把它们相提并论？因为，这两者之间的关系，蕴含着《诗经》何以为《诗经》的历史本源和义理根据。

除了《商颂》有些殷商文化遗存（实亦周时宋诗），其他所有风雅颂诗篇莫不是周诗。周何以为周，是《诗》何以为《诗》的基础。《诗经》屡歌"周道"，其意深矣。周之为周，奠基于后稷、公刘之农作，壮大于文、武之以孝道齐家治国平天下（参《中庸》："无忧者其唯文王乎？以王季为父，以武王为子，父作之，子述之"）。农作的基础是天地和气、阴阳燮理、风雨调顺，孝道治平的前提是"有天地然后有万物，有万物然后有男女，有男女然后有夫妇，有夫妇然后有父子，有父子然后有君臣，有君臣然后有上下，有上下然后礼义有所错"（《周易·序卦传》）。《周易》亦周道之大经，与《诗经》莫不息息相通。《诗》之《周颂》《周南》更是直接相关，互为注脚。《载芟》是"春藉田而祈社稷"之诗，而《关雎》是"风天下而正夫妇"之诗，二者貌离神合，同为周道之基。故船山以《易》解《诗》，以《周颂》解《周南》，以《载芟》解《关雎》，皆深有见于周道之大本者也。

而在这个过程中，我们可以看到，通过《诗经》经学的具体解释，船山纠正了单纯性理之学的可能偏向。一般来说，"哲学史"倾向于把船山归为理学家，但与大多数理学家比起来，他又更像一个经学家。因为，他的理学思想无不是通过经学阐释工作展开的。这样做的好处是可以"实函斯活"：推扩经义，充实义理，在具体的经典语境中活泼泼地发生。概念思辨的理学诚然可以像谷壳中的米仁一样"函气"，但如果没有经典解释的"土膏水泽之润"的"实函"，以及"蕴之乃以氤氲之，流之乃以条理之，浑之乃以发挥之"的"斯活"，那些义理就会成为"空之仁"。

　　船山毕生致力于经典解释工作，遍注群经，不厌其烦地深入名物训诂和经义细节，很大程度上就是为了对治心学等单纯性理之学的空疏。在经史和义理之间，船山确实做到了"开生面"。只不过，这个"生面"不是臆造的"创新"，而是经史本身所蕴含的义理生发，以及义理所承载的经典斯文之命的无限创生。让经史和义理回到它们本自固有的相生关系，是船山经学和理学的"生面"之源。无论对于经史之学，还是对于义理之学来说，船山学术的成果和治学方法，都会是永远富有启发意义的借鉴。

《周南》大义发微

读《关雎》之一

诗风教化与鸟兽虫鸣之声

关关雎鸠，在河之洲。窈窕淑女，君子好逑。
参差荇菜，左右流之。窈窕淑女，寤寐求之。
求之不得，寤寐思服。悠哉悠哉，辗转反侧。
参差荇菜，左右采之。窈窕淑女，琴瑟友之。
参差荇菜，左右芼之。窈窕淑女，钟鼓乐之。

国风何以谓之风？毛诗大序曰："上以风化下，下以风刺上，主文而谲谏，言之者无罪，闻之者足以戒，故曰风。"风是上之风教于下，所谓"君子之德风，小人之德草，草上之风必偃"（《论语·颜渊》），也是下之讽上，所谓"诗可以怨"（《论语·阳货》）。风是上下之间的风气相通。通过太师、瞽人等诗教官职的设置和采风、陈诗等诗教制度的设计，风教得以下布，民情得以上达。

大序又云"一国之事，系一人之本，谓之风"。风之所起在一国之事，风之所感在一人之情；风之所咏在一人之志，而风之所教则在一国之人。故大序又说"风，风也，教也；风以动之，教以化之"。风之所咏者情也，而诗之所教者道义也。故《韩诗外传》所谓"陈情欲以歌道义"，最得风教之实情也。[1]

教何以谓之风？风在《易经》的画卦取象里是巽。巽，顺也。风教所以顺性命之正，修人道之常也。巽，入也。风教所以入人心之深，体民情之切也。巽，柔也。风教所以调柔人情之不仁使能相感，矫正人欲之过偏使能中正也。风最善传情。风教之义在于温柔七情以敦厚五性，故《经解》曰"温柔敦厚，《诗》教也"。诗教性情温柔敦厚，然后中人可与进德修业，上士可与尽性知天矣。

人无古今，莫不有情。何以《诗》教以周为盛？尧舜夏商文献不足自然是重要原因，但也未尝没有政教形态嬗变的原因。王夫之《诗广传》开篇即曰"夏尚忠，忠以用性；殷尚质，质以用才；周尚文，文以用情"。周之世文明繁华，人情复杂，故《易》教之洁净精微、《书》教之疏通知远不敷用矣，故周公制礼作乐，礼以节情，乐以至性，《诗》之文教于是乎兴矣。故孔子曰"郁郁乎文哉，吾从周"（《论语·八佾》），"子所雅言，诗书执礼"（《论语·述而》）。至于"王者之迹熄"则"《诗》亡然后《春秋》作"（《孟子·离娄下》），于是乎素王革命，"正名"之教兴矣。今日世界情欲泛滥，名实错舛，

---

[1]《韩诗外传集释》页21。

《诗》与《春秋》之教正当其时。

"关关雎鸠,在河之洲":《关雎》始于鸟鸣,终于琴瑟钟鼓之声,中间经历了左右流之、求之不得、寤寐思服、辗转反侧的曲折过程。上博简《孔子诗论》谓"《关雎》之改",大概说的就是从自然之声到礼乐之声的转进。[1]风是无形的,只有通过声音才能感觉到。所以,诗风多写禽兽鸣声,正是雌雄相风的直接描写。[2]《庄子·齐物论》说"夫大块噫气,其名为风。是唯无作,作则万窍怒呺",就是从声音来写风。欧阳修《秋声赋》写的其实是秋风赋。

所以,"关关雎鸠,在河之洲"不但是《关雎》这一篇的起兴,也是整部《诗经》之为风教的起兴。雎鸠之鸣既是带起"窈窕淑女,君子好逑"的声音,也是带起整部《诗经》的声音。这一声音交织在《关雎》的荇菜采摘、辗转无眠和琴瑟钟鼓之中,也回荡在整部《诗经》的国风雅颂之中。这可能是中国古典政教的持续低音,时隐时现,贯穿始终。

在这一持续低音的伴奏中,我们会发现同样是相关于周家历史的文献,《诗经》与《尚书》或《史记》的记述有显著不同:非但《豳风》饱含深情、万物感触、鸟鸣虫吟不绝,即使《文王》《清庙》的雅颂之声也同样是於穆不已的。故此,孔子在说

---

[1] "关雎之改"的"改"字,竹书从"已"从"攴",马承源释为"怡"(参马承源主编《上海博物馆藏战国楚竹书(一)》,上海古籍出版社,2001年,页139),李学勤释为"改"(参李学勤《〈诗论〉说〈关雎〉等七篇释义》,见《齐鲁学刊》2002年第2期),似较合理。

[2] 《左传》僖公四年"惟是风马牛不相及也",贾逵云:"牝牡相诱谓之风。"

067

"《诗》可以兴,可以观,可以群,可以怨。迩之事父,远之事君"之后,紧接着说"多识于鸟兽草木之名"。"多识于鸟兽草木之名"不只相关于知识的增进,而且关系到诗教之为风教的关键,因为风教之风在《诗经》的歌咏中,首先总是以鸟兽虫鸣之声与四时草木之衰荣起兴的。

读《关雎》之二

德性好逑之艰胜于求取淑女之难

"窈窕淑女,君子好逑":"逑"在齐诗鲁诗中作"仇"。《尔雅·释诂》云"仇,匹也",郭璞注云"《诗》曰'君子好仇'"。郭习鲁诗,可见鲁诗作"仇"。《礼记·缁衣》及《汉书·匡衡传》引此诗亦作"仇",可见齐诗作"仇"。这些三家诗辑佚工作前人已备述,王先谦《诗三家义集疏》总其成,皆有辑录。[1] 不过,《集疏》以为"好仇"是"和好众妾",以"仇"为众妾之怨者,以"好"为"和好",且以此为齐鲁家诗义,则殊为不通。无论毛传还是鲁诗家的《尔雅》都以"逑"或"仇"为"匹"。"逑""仇"字虽不同,匹配之义则无异。惟郑笺曰"怨耦曰仇",引出歧义。其实,乱者治也,苦者快也,正反同辞,经典常有。《春秋》每曰"敌体",地位相当之谓也,非必"敌人"。俗语夫妇打趣互称"冤家",亦犹古语之遗意乎?

---

[1]《诗三家义集疏》页9–11。

"仇"表明"好"是有张力的。有张力,所以"求"的过程必定是左右流之、辗转反侧、寤寐思服的,求到之后的礼乐生活也必定是有分有合、挚而有别的。故《乐记》云:"乐者为同,礼者为异;同则相亲,异则相敬;乐胜则流,礼胜则离。"孔子所谓"乐而不淫,哀而不伤",此之谓也。

毛诗的"逑"字在"求"字下增加了一个走之底,其义与齐鲁诗的"仇"字有异曲同工之妙。《尔雅》"仇,匹也",毛传"逑,匹也",都是艰难的匹配,犹如《易》之乾坤、《春秋》之君臣,都是富有张力的匹配,需要去教、去学、去求的匹配。在某种意义上或许可以说,所谓儒教所教者就是这种匹配,所谓儒学所学者也是这种匹配。苏格拉底说他对年轻人的教育工作也像是媒婆常干的"撮合配对"(promnēstikē)之事,[1]或不妨比照参看。

"逑"或"仇"的富有张力的美好是可以生物的仁性光辉,可以畅情而节欲的礼义德性。"逑"的美好带来"求"的坚定,"逑"的张力带来"求"的曲折,"逑"之仁使"求"发乎情、乐而不淫,"逑"之义使"求"止乎礼、哀而不伤。整篇《关雎》就展开在"逑"与"求"的关系之中。

"求"的过程是戏剧性的、引人注目的,而一旦开始求取,"逑"的德性之光则成为隐而不显的背景。但无论根据哪种诗说以谁"求"谁(君子求淑女,还是后妃求淑女以与君子相配),"逑"的德性都是《关雎》大义所在的隐微字眼。出于"逑"的

---

[1] 参柏拉图《泰阿泰德》149d – 150a, 151b。

德性相配要求，君子好逑的"好"既不是欲望投射的动态（此义读去声），也不是现成的"好"，而是静态的动态过程，是"好起来"。

"逑"是理想的君子淑女德性相配；[1]"求"则是动态的去追求这个相配。"求"构成了《关雎》赋事的主线，而"逑"则是赋事所以兴发的本源。因于"逑"，所以《关雎》之兴，起于雎鸠之鸣；因于"逑"，所以《关雎》之志在乎天地之交、阴阳之和、乾坤之并建、夫妇之匹配，天地阴阳乾坤男女之仁和生物、德化无疆；因于"逑"，所以"左右流之"亦无非中，"辗转反侧"终归于平，"求之不得""寤寐思服"亦"哀而不伤"，"琴瑟友之""钟鼓乐之"却"乐而不淫"；因于"逑"，所以《关雎》终于琴瑟钟鼓之和鸣，回应雎鸠之鸣，以至于人文礼乐之声，和于天地自然之声，天人亦"好逑"矣。故《关雎》之义大矣哉，宜乎其为诗风之首。至今诵之，犹可以之通天人、贯古今也。

---

[1] 毛诗虽以《关雎》为后妃求淑女，不以君子求淑女，但仍然以淑女配（"逑"）君子。

读《关雎》之三

夫妇之义的古今之变

《关雎》引人注目的是"求"的过程，无论这个"求"是君子求淑女与己相"逑"（匹配），还是后妃求淑女与君子相"逑"，[1]但"逑"本身却容易受到忽视和误解。在现代读者中，"君子好（hǎo）逑"常被不自觉地误读为"君子好（hào）求"。这不只是因为古典知识的缺乏所导致的读音错误。这个貌似不大的流行错误所表露的深刻问题是：在现代读者的眼中，《关雎》抒写的只是两性相"求"的感情和欲望，而夫妇德性好"逑"相匹的大义则是完全无视的。当然，在以庸俗儒学为背景的通俗传统文化那里，德性的好逑又被降低为"门当户对"的机械等级观。现代爱情的解放诚然可以有效冲击这种等级婚姻礼俗，但它

---

[1] 大体而言，毛诗以为《关雎》是后妃更求淑女以配君子，朱子集传以为《关雎》盖述文王太姒之事，鲁诗以为《关雎》是诗人陈古之后妃德配王者之美以讽谏时王与后妃之德衰。

与其对立面分享了对德性的遗忘。庸俗传统文化及其现代反对者联手摧毁了真正的古典，这不只是在婚姻爱情问题上发生的古今之变，也是整个现代性状况的写照。

所以，毫不奇怪的是，在现代人津津自诩的一夫一妻制的胜利中，实际丧失的恰恰是妻道，获得胜利的却恰恰是他们所指责的妾道。对于毛诗郑笺一系的多妾制解释，我们在前文"绪论之三"部分已指陈其谬，在后面的《召南·小星》阐释中还将继续展开批评。不过，即使在毛诗中，夫妇德性相匹的妻道甚至提升了妾道，防止嬖妾堕落为君主的玩物，也防止君主耽于宠妾，堕落为情欲的奴隶。而在清除了纳妾制度后的现代婚姻中，婚姻和家庭的基础却只是"爱情"，而不是德性。这意味着：现代一夫一妻制中的妻子，本质上不过是古典意义上的妾。现实层面纳妾制度的消失，本质层面伴随的却是妻道的丧失。这不值得那些鄙夷毛诗《关雎》的现代读者反思吗？更何况，从后妃和众妾关系角度出发的解释只不过是毛诗一家的见解，三家诗和朱子集传的解释都与众妾无关，只说是君子淑女的"好逑"与"求之"。

"好逑"的夫妇之义要求相当，"相当"的意思既包含相感、相求、相互悦乐，也包含感而不滥、求而有节、悦乐而不淫，也就是雎鸠之"挚而有别"（郑笺："雌雄情意至，然而有别"），淑女之"幽闲贞专"（"窈窕"）。这意味着，夫妇双方是相互尊重的，没有一方是另一方的玩物。即使在广受现代人诟病的毛诗、郑笺、孔疏一系的多妾制解释中，妾的众多也并不意味着众妾是君子的玩物。更何况在三家诗和朱子集传的解释中，《关雎》只是君子淑女夫妇之事，与妾不妾的没有关系。

但即使在涉及众妾的解释系统中，《关雎》之诗的意义毋宁说恰恰在于对治一妻多妾制的可能弊病（既然无法立即废止它），而不是鼓吹多妾制。多妾制的弊病在于耽溺淫乐的可能性。所以，在这一既定历史条件下，如何教化君主、后妃和众妾处理好家庭关系，成为涉及家国天下安危治乱的关键。所以，毛诗《关雎》意在教君主勿耽于淫乐，要尊重妻妾，勿以妻妾为玩物；教后妃不妒忌，调和后宫，更寻窈窕之淑女以为君子众妾，防止君主和众妾耽溺于无礼；教众妾修德，幽闲贞专，与后妃一起辅佐君主，后宫坤宁，使君主专心政治，天下苍生有福。这层教化含义在鲁诗"毕公见周康王宴起而作《关雎》，陈古讽今以刺康王"这一解释中，得到了最大程度的发明。在毛诗系列的解释中，反而比较晦蔽，但也不是完全隐而不彰。

而在今日清除了多妾制的光明制度中，夫妇之义反而更加不为人知。在爱情至上的一夫一妻制中，妻道反而堕落为妾道，夫道也堕落为伶人之道，因为现代婚姻的基础，乃至法律基础，仅仅在于"爱情"，没有德性的相逑。在现代人不齿的毛诗郑笺孔疏一系的多妾制解释中甚至把妻道落实到众妾，使众妾亦能自尊自重，配得上夫君。而在现代夫妻关系中，夫妇只不过互为宠物：一朝有宠一朝欢，一朝失宠一朝离。

至于现代女权主义或女性主义运动，则更不堪。其悖论在于：女性如何在提高自身地位的时候避免以男性为标准？如果以男性为标准，那么，在达到男性标准的同时是否恰恰意味着女性地位的最大程度的降低？因为，如果连女性之为女性本身都被否定，女性之为女性从根本上都被否定和自我消灭，那么，女性运动的结果岂不是女性最大的失败？在现代女性主义鄙视毛诗一系《关雎》图景的时候，有否反省启蒙女性更加可怜的本质？

现代人满眼只盯着妻妾的数量（这本身正是欲望至上的表现），古人关心的却是家庭生活的实质：德性。德性教化施之于多妾制的古代，《关雎》有其意义；施之于一夫一妻制的现代，意义没有变化。妻妾数量的制度是历史的、偶然的，而德性是永恒的、普世的。在这个问题上，采用毛诗系的多妾制解释，还是采用朱子集传的文王太姒夫妇相匹的解释，区别甚至都不大。多妾制里没有解决的德性教化问题，一妻制并不自然成就；多妾制中需要的德性教化，一妻制仍然需要。制度变化是容易的，而德性教化在任何时候都是困难的。同样的问题亦可见诸政制问题。读《理想国》，我们知道任何制度神话都是靠不住的，而灵魂的教育则是永恒的唯一问题。

读《关雎》之四

"《关雎》之道"的天人一贯

《关雎》何以为国风之始？《韩诗外传》里曾如此记载孔子与弟子的问答：

> 子夏问曰："《关雎》何以为《国风》始也？"孔子曰："《关雎》至矣乎！夫《关雎》之人，仰则天，俯则地，幽幽冥冥，德之所藏，纷纷沸沸，道之所行，如神龙变化，斐斐文章。大哉《关雎》之道也，万物之所系，群生之所悬命也，河洛出图书，麟凤翔乎郊。不由《关雎》之道，则《关雎》之事将奚由至矣哉！夫六经之策，皆归论汲汲，盖取之乎《关雎》。《关雎》之事大矣哉！冯冯翊翊，自东自西，自南自北，无思不服。子其勉强之，思服之。天地之间，生民之属，王道之原，不外此矣。"子夏喟然叹曰："大哉《关雎》，乃天地之基也。"《诗》曰："钟鼓乐之。"[1]

---

[1]《韩诗外传集释》，许维遹校释，北京中华书局，1980年，页164-165。后引本书仅注页码。

《韩诗外传》的体裁，每一段解说的最后所引诗句往往是引发议论的起兴之源，也是议论解说的点睛、点化和逸出。解说和引诗相互映发，又相互逸出。《关雎》一篇二十句，《外传》的这段解说仅引用最后一句"钟鼓乐之"作结，蕴含了什么深意？与前面的大段议论有何关联？

　　《外传》的这段解说讲了三件事：《关雎》之人、《关雎》之道和《关雎》之事。《关雎》之人"仰则天，俯则地，幽幽冥冥，德之所藏，纷纷沸沸，道之所行，如神龙变化，斐斐文章"，似乎是一个作《易》者的形象。《系辞传》说"古者包栖氏之王天下也，仰则观象于天，俯则观法于地，观鸟兽之文与地之宜，近取诸身，远取诸物，于是始作八卦，以通神明之德，以类万物之情"。这是一个立法者的形象，而且不只是人为约定的立法，而是究天人之际的立法。《诗纬·含神雾》载孔子曰"诗者，天地之心，君德之祖，百福之宗，万物之户也"，其义近之。所以，这里所谓《关雎》之人大概是指广义的作诗之人、立法之人、行教之人，不仅指《关雎》这一篇诗的作者，也不仅指诗中所言君子、淑女，但也不是与诗中所言君子淑女没有关系。《外传》紧接着说到"神龙变化，斐斐文章"："神龙变化"是乾卦之象，"斐斐文章"是坤卦之象，"《关雎》之人"未尝不是《关雎》所咏君子、淑女。"窈窕淑女，君子好逑"就是乾坤合德的一阴一阳之谓道。

　　至于"《关雎》之道"，则云"万物之所系，群生之所悬命也，河洛出图书，麟凤翔乎郊"。道者，万物莫不由之之谓也。《中庸》云"道不可须臾离也，可离非道也"。"万物之所系"

者，万物所出之源也，"万物之户"也；"群生之所悬命"者，群生性命之所由来也，"天地之心"也。"万物之所系，群生之所悬命"者，天地阴阳之生物也，生生不息之谓道也。"河洛出图书，麟凤翔乎郊"者，天道人伦之一贯也，"君德之祖，百福之宗"也。于是有《关雎》之事："不由《关雎》之道，则《关雎》之事将奚由至矣哉！"

从"《关雎》之道"到"《关雎》之事"，中间插入了一句关于六经的惊人论断："夫六经之策，皆归论汲汲，盖取之乎《关雎》。"全部六经典册，皆取之乎《关雎》？在什么意义上可以做出如此强的判断？在"《关雎》之道"与"《关雎》之事"之间的语境中，这个判断才有其恰当的意义。

正如我们在上面两节的解读中分析过的那样，《关雎》大义在于"逑"（匹配）这个容易被人忽视和误读的字眼。《关雎》大义不仅在于"逑"君子淑女，而且在于"逑"阴阳、"逑"天人、"逑"文质、"逑"古今。六经之为六经，正在于它能通天人、贯古今、和阴阳、备文质，所以，"六经之策，皆归论汲汲，盖取之乎《关雎》"。

《关雎》是国风之始，因此也可能是全部六经之始。子曰"兴于诗"：六经编修之于孔子，很可能是从《关雎》开始的，也是自始至终伴随着《关雎》的基本情思和诗乐节奏的。六经第一篇《关雎》的结尾是"钟鼓乐之"，而在六经最后一部《春秋》公羊传的结尾则一连出现三个"乐"："其诸君子乐道尧舜之道与？末不亦乐乎尧舜之知君子也？制《春秋》之义以俟后圣，以君子之为，亦有乐乎此也。"

故"《关雎》之事大矣哉！冯冯翊翊，自东自西，自南自北，无思不服。子其勉强之，思服之。天地之间，生民之属，王道之原，不外此矣"。"冯冯翊翊"又作"冯冯翼翼"，"百姓日用而不知"之貌也。《汉书·礼乐志》："冯冯翼翼，承天之则。"颜师古注："冯冯，盛满也；翼翼，众貌也。"《淮南子·天文训》："天墜未形，冯冯翼翼，洞洞灟灟，故曰大昭。"高诱注："冯翼、洞灟，无形之貌。"卢照邻《益州玉真观主黎君碑》："其冯冯翼翼，百姓存焉而不知；杳杳冥冥，万族死之而无愠。"《易》曰："仁者见之谓之仁，智者见之谓之智，百姓日用而不知"：王者之事，仁也智也，化百姓于无形，"民无德而称焉"（《论语·泰伯》）。子曰："民可使由之，不可使知之"（《泰伯》），由者，导之之谓也。[1] 导之以仁义，则无思不服，强之以暴政，则人心离散。

"自东自西，自南自北，无思不服"出自《大雅·文王有声》："镐京辟雍，自西自东，自南自北，无思不服，皇王烝哉。"毛诗序以为"《关雎》《麟趾》之化，王者之风，故系之周公。南，言化自北而南也"，说南国之义不同三家，而大义未尝不与三家合。《韩诗外传》此章发明《关雎》大义，引《文王有声》说《关雎》之事"自东自西，自南自北，无思不服"，言王者教化之事也。孟子亦云："以力假仁者霸，霸必有大国。以德行仁者王，王不待大。汤以七十里，文王以百里。以力服人者，非心

---

[1] 郭店简《尊德义》："民可使导之，不可使知之。民可导也，而不可强也。"

服也,力不赡也;以德服人者,中心悦而诚服也,如七十子之服孔子也。《诗》云:'自西自东,自南自北,无思不服',此之谓也。"(《孟子·公孙丑上》)故孔子诫子夏云:"子其勉强之,思服之。天地之间,生民之属,王道之原,不外此矣。"

读《关雎》之五

"《关雎》之事"的通古今之变

在早期经学的六经次序中,《诗》为六经之首,《春秋》为六经之终。《关雎》作为六经之始,不但维系着《国风》和《诗经》的大义,而且蕴含着《诗经》与《春秋》的关联,乃至起兴着全部六经政教的端倪。因此,《韩诗外传》才说:"六经之策,皆归论汲汲,盖取之乎《关雎》。"关于这一句话的意义,我们在上一节曾从天人关系的角度,结合《韩诗外传》的文本语境做了一些分析。下面,我们不妨从古今关系的维度,结合王夫之《诗广传》的论述,展开一下《诗》与《春秋》的关联,以便进一步理解《关雎》之为六经政教起始的意义。

王夫之《诗广传》开篇论《关雎》,起首就说:"夏尚忠,忠以用性;殷尚质,质以用才;周尚文,文以用情。"这既是从天人关系的角度,讲天时三正与三王政教的关系以及天性与人情的关系,也是从古今关系的角度,通过解《诗》来发明《春秋》"通三统"之义;而所有论述的焦点,则是诗教的出发点"情"

和诗教的着力点"文"。诗是发之于言文的情志，诗教则是一种达情以至性的文教。相对于夏之尚忠、殷之尚质来说，诗之文教在周文礼乐体系中占有核心地位；相对于忠之用性、质之用才来说，情之用在诗之文教中则又占有核心地位。所以，在诗学研究中，只有通过天人关系层面的工作贯通人情与天性、人文与天道，才能在古今关系层面上实现通三统、通古今之变。

相对于夏之"忠""性"与殷之"质""才"，周之"情"与"文"的共同点是繁杂之象。所以孔子说"文胜质则史，质胜文则野"。"情"与"文"的主要区别在于："情"是内在的，"文"是发见于外的。所以，毛诗大序和《礼记·乐记》论诗与乐都运思在性情、物我、内外之间。周文诗教和礼乐之教的要点就在性情、物我、内外之间的疏贯与通达。通性情、物我、内外，则可以通天人、古今。时代用情，则教化不得不文。文教不及忠教之简易、质教之简直，且亦失之于繁缛虚华，但在一个情多蔽性、文多蔽质的时代，以文达情、以情至性的诗教却是不得不然的选择。故毛诗大序云"主文而谲谏"，言文教之兴也；孟子曰"王者之迹熄而诗亡，诗亡而后春秋作"，则周衰文疲、质以革文也。

情、文之于周虽然重要，但文教之明在于反质（反通返），用情之义在于复性。所以，王夫之接下来说道："质文者，忠之用，情才者，性之撰也。夫无忠而以起文，犹夫无文而以将忠，圣人之所不用也。"忠者中心、直心，故"诗三百，一言以蔽之，曰思无邪"。无邪，则情得其正、文得其中矣。情得其正，则用情无非用性也；文得其中，则文教莫非忠教也。故孔子曰"文质彬彬，然后君子"。无论文质、古今、天人、阴阳，只有中正才能匹配两端。在《关雎》的讽咏中，这就是"述"字所蕴涵的义理。关于这一点，我们在前面两节的分析中已经备述，这里就不再展开了。

"《关雎》之道"的天人一贯和"《关雎》之事"的古今通变，看起来是两个问题，但其实是一个问题的不同表现。在公羊家的解释里，《春秋》之义既是通天人以至于草木昆虫的"大一统"[1]，又是"三代改制质文"的"通三统"[2]；在太史公的历史书写中，"究天人之际"直接联系着"通古今之变"；在"横渠四句"里，"为天地立心、为生民立命"是贯天人，"为往圣继绝学、为万世开太平"是通古今。历代经典、往圣先贤之论，莫不若合符节。

---

[1] 参何休《春秋公羊解诂》对《春秋》"五始""元年春，王正月"的解释。

[2] 参董仲舒《春秋繁露·三代改制质文》，见《春秋繁露义证》，中华书局，1992年，页183。

读《葛覃》之一

《关雎》《葛覃》犹《易》之乾坤

葛之覃兮，施于中谷，维叶萋萋。黄鸟于飞，集于灌木，其鸣喈喈。

葛之覃兮，施于中谷，维叶莫莫。是刈是濩，为絺为绤，服之无斁。

言告师氏，言告言归。薄污我私，薄澣我衣。害澣害否，归宁父母。

《葛覃》是诗三百中第一篇以植物为题的诗，这与首篇《关雎》形成有趣的映照。《关雎》以动物为题，由一种水鸟"雎鸠"写到一种水草"荇菜"；《葛覃》则以山谷中的葛藤为题，写到灌木上的黄鸟。前者由动而静，后者自静而动。动而静者乾也，静而动者坤也。《诗》之开篇有《关雎》《葛覃》，犹《易》之有乾、坤也。

《坤》"牝马地类"而能"行地无疆"，正如葛之静植而能延展（覃）之象。葛覃之"覃",毛传以为"覃,延也",或以"覃"为"藤"之转"（闻一多、高亨）,亦无非藤蔓延展之象。这个象对于《诗》来说非常重要。诗之为风,正在于能风男女（句法同"风马牛"）;风之为教,正在于能讽君臣（风者讽也）。诗风所咏多为风情之事,风教所喻多为政治得失。所谓比类起兴、言及此而志在彼,都不乏葛覃延施（yì）之象。[1]

《葛覃》诗旨,毛序以为"《葛覃》,后妃之本也。后妃在父母家,则志在于女功之事,躬俭节用,服澣濯之衣,尊敬师傅,则可以归安父母,化天下以妇道也"。鲁诗说则以为"《葛覃》,恐其失时"[2],以为未嫁时之诗也。两说虽有已嫁未嫁之不同,而于葛覃延施之象,则未尝不取类似的涵义。无论解为已嫁而归宁父母,还是未嫁而急时待嫁,女人都是婚姻"合两姓之好"的关键。已嫁而归宁父母,是在夫家而念及娘家;未嫁而急时待嫁,是在娘家望及未来的夫家。女人的生命注定是在两姓之间的"延施"（婚姻）、两代人之间的"延施"（生育）。而这不就是"道"的基本隐喻?

因此,"葛之覃兮,施于中谷,维叶萋萋"这个起兴的诗句,无论是已嫁之妇见葛覃而思反本,欲归宁父母,还是未嫁之女见

---

[1] 施,毛传"移也";陈奂《诗毛氏传疏》:"施移双声,移亦延也。"
[2]《古文苑》卷二十一载蔡邕《协和婚赋》:"考遂初之原本,览阴阳之纲纪。乾坤和其刚柔,艮兑感其脢脯。《葛覃》恐其失时,《摽梅》求其庶士。"章樵注云:"毛诗《葛覃》言女功之事,'恐失时'岂齐鲁诗耶?"南宋时,三家诗皆已亡佚,故章樵有此推测。王先谦亦据此辩之（《诗三家义集疏》页16-17）。

叶之萋萋而恐婚姻失时,欲及时归于夫家(古者谓"嫁"曰"归"),可能都还已经是第二位的起兴了。《葛覃》原初的起兴,很可能首先是女人之为女人的本质起兴。

也许只有从这层原初的起兴涵义出发,葛覃之象才有可能成为已嫁之妇思归父母的起兴,或者成为待嫁之女思归夫家的起兴。因为,无论已嫁未嫁,《葛覃》之所歌者,首先是一个女人的生命原理,是"牝马地类、行地无疆"的坤道、妇德。以此,《葛覃》无愧于《关雎》之后的第二篇。

也只有从这层原初的起兴涵义出发,我们才能理解葛藤的延施为什么贯穿了《风》《雅》。从《国风·周南·葛覃》"葛之覃兮,施于中谷"到《大雅·文王之什·旱麓》"莫莫葛藟,施于条枚"(韩诗"施"作"延"),中间历经《周南·樛木》"南有樛木,葛藟累之",《邶风·旄丘》"旄丘之葛兮,何诞之节兮",《王风·葛藟》"绵绵葛藟,在河之浒",《王风·采葛》"彼采葛兮,一日不见,如三月兮",《齐风·南山》"葛屦五两,冠緌双止",《魏风·葛屦》"纠纠葛屦,可以履霜",《唐风·葛生》"葛生蒙楚,蔹蔓于野",《小雅·谷风之什·大东》再次出现"纠纠葛屦,可以履霜",一共出现了十次(同一篇里的重复出现不计)。

葛的每次出现,在其具体诗篇语境中如何取象、赋义、比兴、讽喻,我们留待后面读到每篇诗的时候再逐一展开。但在这里,当葛藤第一次出现的时候,我们有必要提出一个问题:葛藤的延展之象、葛布葛屦的"服""履"之象,对于《诗经》和诗教来说究竟意味着什么?

在这个问题上，《易经》的取象或许有所启发。除了前面已经说到的葛覃延展之象与坤卦"牝马地类、行地无疆"的关联之外，葛布绪绤和葛屦履霜同样提示了非常明显的坤卦之象。《说卦传》云"坤为地、为母、为布"，《坤》云"履霜，坚冰至"。坤道之大者在"施于中谷""行地无疆";[1]坤德之细者在"为绪为绤，服之无斁"，在"纠纠葛屦，可以履霜"。坤道至大而其德无微不至，这便是女功之事所承载的诗教大义。

《葛覃》为什么编在《诗经》的第二篇？其义或可比照坤卦在《周易》的位置。而当我们考虑到女性、情感、婚姻和家庭生活在《诗经》中有着特别重要的位置（这一点在其他经典中远不及在《诗经》中显著），我们就尤其应该注意到《葛覃》作为专言女功之事的第一篇，以及专门歌咏女性在"两姓"或两个家庭之间关系的第一篇，对于《诗经》来说有着多么重要的特别意义。

《易》曰"乾知大始，坤作成物"（《系辞传》）。如果说《关雎》的君子之求是《诗》的乾元发动，那么，《葛覃》的"施于中谷"就是《诗》的坤元之生。在这个意义上，我们完全可以为毛序所谓"后妃之本"找到道学的基础。

毛序《周南》前八篇皆言后妃，而独以《葛覃》为其"本"，良有以也。朱子《诗序辨说》论《关雎》，以为春秋尊

---

[1] 参拙文"坤德与太空时代的大地概念"，见收拙著《思想的起兴》，同济大学出版社，2007年。

王之义,首篇不当言后妃之德,而必以"深见文王之德"而后可。[1] 这是看到了《关雎》之为《诗经》起始的乾元一面,从而把《关雎》直接与《大雅·文王》联系到了一起;但毛序以"《关雎》,后妃之德也","《葛覃》,后妃之本也","《卷耳》,后妃之志也"……则是在《周南》的语境中,揭示了《关雎》之为《诗经》起始的坤元一面,通过"后妃"系列的叙事而开启了十五《国风》的歌咏。在这个意义上,《关雎》之为《诗经》起始的意义,还在于《关雎》实际是《风》《雅》的结合点(《国风》殿军《豳风》的首篇《七月》构成了另一个结合点或中介点)。

正如朱子所见,《关雎》之于《大雅》的关联正在于一个隐而不显的文王;而《关雎》之为《国风》的起首,则仍然在于毛序所谓"后妃"。这个"后妃"是哪个具体的历史人物或许很难确定,但可以肯定的是,她必定是《诗》之为"风"的起点。她是女人,本质意义上的女人,作为整个封建宗法制度之背景大地的女人。这个女人在《关雎》君子的追求中出场,然后在《葛覃》的"中谷"采葛、纺织、澣洗,在两个家庭之间"合两姓之好"。纺织是女功之首,合好是妇德之本。所以,《葛覃》虽然是第二篇,但也许恰恰因为它是第二篇,所以很可能是《国风》作为"风"的根本一篇。如果说跟其他经典比起来,《诗经》尤其《国风》特别与女人和女功之事相关,那

---

[1] 参《朱子全书》第一册,朱杰人等主编,上海古籍出版社,2002年,页355。

么，正因此，处在第二篇位置的《葛覃》就有着即使第一篇的《关雎》也无法比拟的特殊重要性。正如在《易经》的传统中，乾坤二卦的顺序变化构成了《归藏》和《周易》的基本区别。

一是阳，二是阴。封建宗法制的要义在区分大小宗，确立大宗的一统，但这只是在一个父系家族内部而言，是封建制的阳性一面。封建宗法制的前提则是封建的婚姻制度，而封建婚姻制度的要义在"合两姓之好"，是通过女人联系到一起的两个家族之间的关系、两代人之间的关系：这都是"二"，是封建制的阴性一面。《易》曰"夫乾，其静也专，其动也直"，直来直去，是"一"的运动，"是以大生焉"，成就生物之"大"；"夫坤，其静也翕，其动也辟"，主开合，是"二"的运动，"是以广生焉"，成就生物之"广"。宗法一统，所以有封建礼乐之大；婚义"合两姓之好"，所以有封建礼乐之广。当然，不可避免地，缺点和弊病也在其中萌生。"葛生蒙棘"，"旄丘之葛，何诞之节兮"：从葛之象看周文封建制的流变和弊病，我们将在后面的相关诗篇解读中逐渐展开。而在这里，在第一次出现葛藤的第二篇诗《葛覃》这里，我们首先应该思考的是周代封建制的初衷和它的本根。而这正是楚竹书《孔子诗论》解《葛覃》的关怀所在。

《孔子诗论》第十六简："吾以《葛覃》得氏初之诗。民性固然：见其美，必欲反其本。""氏初"之"氏"极费解，诸家争讼纷纭。裘锡圭、王志平、董莲池以为"氒（厥）"字之误，李学勤以为"民"字之误，何琳仪以为"师氏"之省，廖明春以为"祇"字之假，周凤五以为"是"，许全胜以为"遂"，似乎都难切合《葛覃》诗旨大义。刘信芳以为"先秦女子未嫁称姓，已嫁乃有氏称"，故"'得氏之初'謂女子出嫁，初有氏称也"[1]，虽未必尽合古人文法，[2]但在义理上却很可能是最接近诗旨的解读了。所以，刘信芳在他的考释文章中随即就谈到《诗论》所谓"反本"与毛序"后妃之本"的关联，以及《乐记》所谓"报本反始"之义。紧扣"本"这个字来读《葛覃》，是毛诗和《孔子诗论》的共同点。只有从"本"出发，才能探寻《葛覃》诗旨的根本所在。

根据学界目前公认的考订，《诗论》第十六简后面当接第二十四简。所以，第十六简末尾一句与第二十四简开头一句连起来就是："夫葛之见歌也，则以叶萋之故也；后稷之见贵也，则以文、武之德也。"这是对前文"见其美，必欲反其本"的展开。"维叶萋萋"是"见其美"，由文武而思后稷，是"反其本"。周礼封建制在不失其本的初始阶段是一种"美于其中而畅于四支"（《易·坤·文言传》）的制度（其流变与弊病将在变风中展开），因为它是一种"有机生长的""自然的""生命形态的"制度，

---

[1] 周、廖、许、何诸家说，分别见《上海博物馆藏战国楚竹书研究》，上海书店出版社，2002年，页161、264、368、250。李说见氏著《孔子、卜子与〈诗论〉简》，清华大学"简帛讲读班"2001年研讨会论文。裘、王、董、刘诸家说，转引自黄怀信《上海博物馆藏战国楚竹书〈诗论〉解义》，社会科学文献出版社，2004年，页52。

[2] 黄怀信评之曰："未闻有以女子新婚或已婚称'得氏'者。"见氏著《上海博物馆藏战国楚竹书〈诗论〉解义》，前揭，页52。

而相比之下,法吏郡县制或现代契约政治加市场经济则是一种"无机的""人为的""机械形态的"制度。两者各有优缺点,各有其历史命运。《诗经》并不讳言封建制的缺点,"何诞之节兮"已见之,我们会在以后的解读中展开。

读《葛覃》之二

纳喀索斯的终结和"黄鸟于飞"的无尽

坤德广生既为乾道大生提供了可能性,也为宗法一统带来了"节外生枝"的危机。正妻嫡子使得大宗的延续(乾道大生)成为可能,但妻妾子孙众多(坤德广生)又使大宗的"一统"时时面临来自"后党""外戚"和"庶出夺嫡"的危险。所以,宗法大一统的要义在于"大居正""强干弱枝",防止庶出夺嫡和外戚干政。这个道理很显明,但为什么总是很难做到,以至问题层出不穷,史不绝书?这可能是因为"一"不得不依赖"二"才能"生"或"在变化中延续",否则,"一"只能"机械性地自我复制",而复制只是貌似生长的终结。

纳喀索斯(Narcissus)神话隐喻的不但是一个自恋的少年,[1]而且是所有"机械性地自我复制"的政治制度:它可以是一个"同质的"技术官僚体系的自我复制,也可以是一个"同

---

[1] 古希腊神话中的纳喀索斯因自恋水中倒影而死,化为水仙花。

志的"组织体系的自我复制,甚至有可能是最终取消了所有差异性的"新君主"和"最后的君主"亦即"人民"的自我复制。这个"新君主"之所以被认为是"非君主"或君主的对立面和终结者,首先因为它是中性的、无性别的、"普遍同质"的、无须婚姻也不会生育的,因而也不是君主,而是所有君主的终结者。为什么从古希腊到今天,同性恋总是在民主政体中泛滥?可能民主的本质在某种意义上正是一种"同性政体"。[1]

"I am what I am"(《出埃及记》):民主政治再也不用担心"外戚干政"和"庶出夺嫡"的问题了,因为现代政治的主权者"人民"就是"人民"自身,没有妻子,也没有兄弟。它没有身体,没有性别,也没有面貌,因为它根本上就不是一个人,甚至不是"一群人",而只是一个概念,或者一团欲望、情绪和若有若无的理性。于是,据说,"历史终结了",不再有变化的余地和新的可能性了。对这种现代政治的追求,早在古希腊的同性恋传统和欧洲封建宫廷追求"血统纯正"的近亲婚姻传统中,就已经埋下了伏笔。而在中国,《诗经》的"本之衽席"、《春秋》的"同姓不婚"和《易经》的"乾坤并建""刚柔相摩"从一开始就奠定了华夏政治的"有机"传统。这种传统可能是"世俗的"和"不那么纯粹的",但却是富有生命力的、可持续发展的、充满可能性的,因而是真正"神性"的。"阴阳不测之谓神"(《易经·系辞上》):一成不变的、完全可控的、可自身克隆的世界毫无神性和敬畏可言。

---

[1] 这里只是尝试理解事情本身,不必涉及价值判断。

《关雎》之"窈窕",毛传解为"幽闲贞专"。"贞专"是一,但不是"自一",而是忠于对象的"一",是"二而一",是"幽闲"而"贞专",是"有别"之"挚"。"二",所以"幽闲";"一",所以"贞专"。"参差荇菜,左右流之。窈窕淑女,寤寐求之":君子求淑女,淑女采荇菜。淑女一方面如荇菜之幽闲,若无心而待人采摘;一方面又有关雎之贞专相匹,可以感而动之、友以乐之。"一故神,两故化"(张载《正蒙》):"淑女"的"窈窕"之德是给世界带来多样性的神性因素。父母生子,像又不像,这是神性的,而"照神的样子造人"、转基因、克隆等等则都是亵渎。

无论"葛之覃兮,施于中谷,维叶萋萋"是比兴还是赋事,《葛覃》全篇的主线都是顺着葛藤展开的:见葛、采葛、织布、服衣、澣濯、归宁(无论解"归"为"嫁"还是"省亲归安")。然而,在这条顺势延展的主线之外,还有一个貌似额外的、多余的、不测的因素:黄鸟。王夫之深有见于此,故其《论葛覃》曰:

> 道生于余心,心生于余力,力生于余情。……安于所事之中,则余于所事之外;余于所事之外,则益安于所事之中。见其有余,知其能安。……葛覃,劳事也。黄鸟之飞鸣集止,初终寓目而不遗,俯仰以乐天物,无淹滞焉,则刈濩绨绤之劳,亦天物也,无殊乎黄鸟之寓目也。以絺以绤而有余力,害澣害否而有余心,归宁父母而有余道。故诗者,所以荡涤滞而安天下于有余者也。[1]

---

[1] 王夫之《诗广传》,见《船山全书》第三册,页301–302。

在中国书画传统中,"神品"和"逸品"是指那些安静娴雅而逸出画外的笔墨:越安静就越逸出;越逸出就越安静。在纸上又不在纸上,安于此而志于彼。采葛的女子越是安于其劳作、乐于其劳作,就越是有余情寓目于黄鸟,有余力游戏于劳作,有余心思归夫家或父母。有余,所以有间、有闲[1]、有道,可供徜徉、涵泳、往复。黄鸟这个貌似"多余"的微小因素为《葛覃》的坤德开启了一条无尽的通道,使它上承"关关雎鸠",下启"后妃之志",以至于《大雅·文王》的"周虽旧邦,其命维新",成为中国政教传统的基本诗篇之一。

---

[1] "閒"字简化方案合入"闲"字,使"閒"字字义中的"宽裕空间"含义不再明显可见。

读《葛覃》之三

自然劳动与生命中的多余和有余

"正墙面而立"的逼仄遽迫，正是现代生活方式的写照。所以，船山从《葛覃》读出的黄鸟这个多余之物和有余之物，尤其值得现代读者反复涵泳。在多年前的一篇讲稿中，我曾以通俗语言谈过《葛覃》中的黄鸟对于生活反思的意义。[1]现在，我们不妨在遥远的黄鸟声中继续深入思考，追问诗之为诗的本质。这也是贯穿船山《诗广传》的隐含问题意识。

无论在"多余"还是在"有余"的意义上，诗都是余出之物。诗是生活中无用的、多余的东西；这个多余的东西产生于生活中的有余，也为生活带来更多有余。有余的生活不一定发生在有很多富余物质的条件中，反倒往往发生在艰难困苦的时候。有时候，越是在有用之物匮乏的时候，生命中的多余无用之物越能

---

〔1〕参拙文"有余的空间与生命的整全：《诗经·葛覃》讲稿"，见收拙著《生命的默化：当代社会的古典教育》，同济大学出版社，2017年，页1。

凸显；然后，有余才能在多余之余中到来。

富不一定裕，贫也不一定穷。贫富取决于有用之物的多寡，穷裕取决于多余无用空间的宽窄。现在网络上流行说"贫穷限制了我们的想象力"。其实，不是贫（物质匮乏）限制我们的想象力，而是穷（不通达）限制了我们的想象力。穷正如"正墙面而立"，本身就是心灵不通达、想象力匮乏的状态。如何才能通达不穷？恰恰是一定程度的贫比过多的富更有利于清除障碍，扩展想象力，打开生命的空间。想象力如诗，正是多余无用且因其无用而使人有余、使人能余的东西。

越是在与物实实在在地打交道的艰辛劳动中，越能"挤出"多余无用的有余空间。相比之下，在物质丰富的现代生产劳动和资讯发达的休闲娱乐中，不但过于遽迫的工作节奏限制了人类的想象力，而且，过于"丰富"的娱乐、过于便捷的消费也让人类的心智陷入空前的贫乏。

"是刈是濩，为絺为绤，服之无斁"：与现代人的高效工厂生产和快速更新消费形成鲜明对照，在《葛覃》的时代，采葛制衣的过程是艰辛而漫长的，一件衣服制成之后的使用时间也是长久的。山中的葛藤通过"是刈是濩"的自然劳动过程变成身上的絺绤，仿佛"施于中谷"的葛藤自然延施于身体之上，"维叶萋萋"的阴凉也自然转化为"为絺为绤、服之无斁"的舒适。通过自然劳动，而且唯有通过自然劳动，人才能诗意地栖居于万物之中。所以，荷尔德林诗云："充满劳绩，然而人诗意地栖居于大地之上。"

只有在这样的自然劳动之中，在这样的劳动所构筑的家园大地之上,"黄鸟于飞,集于灌木,其鸣喈喈"的多余才能成为一种生产性的有余和能余:在劳动的余情中生发余力,在余力中生发余心,在余心中发生与道的冥契,不期然而然地会心。陶渊明诗中的"飞鸟相与还"和"此中有真意"的关联,正是《葛覃》"道生于余心"的遗意。道如此害羞,总是要在凝视的目光之余、暴力的探究和利用之外,不经意地到来。

多余无用之物并不是有用之物的"用旧了"或"过时了",不是从有用变成了无用,而是从一开始就是无用的。生命本身就是这样的无用之物。"人力资源"可以被使用,但生命本身不能被使用。生命无时不在有用之物的包围之中、操劳之中,但《葛覃》黄鸟的意义正在于提醒生命本身的无用本质。唯有无用的生命才能有用,唯有闲适的身心才有真正的劳动、自然的劳动、幸福的劳动。

在自然劳动和自然用物的时代,"用旧""过时"的无用之物是很少的。在自然生活中,没有什么不可以循环利用。这样的用不再是"消费""耗费",而是《中庸》所谓"尽物之性"。所以,这样的用本身就是一种无用或不用之用。这种无用之用、用之无用,可称之为"庸"。物的自然加工和使用不是资源的开发、利用和消耗,而是《庄子·齐物论》所谓"寓诸庸"的过程。自然之用是在"庸"中用物,故用物而不废物。作为此物的用途完成之后,还可以作为彼物来发挥功用,故"物无成与毁,复通为一","庸也者,用也;用也者,通也;通也者,得也"。

《葛覃》的采葛制衣就是这样的"庸"。"葛之覃兮,施于中谷","为絺为綌、服之无斁":絺綌自然是人工制作的产物,但在"维叶萋萋""黄鸟于飞"的自然劳动中,这样的制作过程仿佛是山中葛藤自然延施的结果。所以,绤綌虽然已经成为人工制品,但其延施不绝的本性仍然保持,"服之无斁"。在自然生产和自然消费中,衣服仿佛如葛藤一样,仍然是有生命的。即使用旧了,用破了,作为抹布,它仍然寓居在"庸"中,毫不显眼地发挥着某种功用,仿佛从来没有进入某种突出的有用性。"庸也者,用也;用也者,通也":"庸"之"用"通"用"与"无用",本无所谓用,亦无所谓无用。物性或物之自然在"庸"中发生、"尽性",无论它保持为自然物还是人工制品。

相反,在大工业生产中,"用"表现为突出的功用或狭窄的专门功用,这便是商品。"无用"表现为某种突出功用的丧失,这便是垃圾。大工业产品并不是自古就有的东西;相应地,"垃圾"也并不是自古就有的东西。"垃圾"是一个十足的现代性概念。在产品和垃圾占据了全部生活空间的现代世界,万事万物都被从"寓诸庸"的适性之居中驱逐出来,被迫置入用与无用的对立,被截然划分为产品或垃圾。即使在"垃圾回收""废品再利用"的环保产业中,垃圾也无非被转化为产品,无用被转化为有用,并未超出产品-垃圾、有用-无用的对立逻辑。与《葛覃》绤綌的"服之无斁"相比,塑料制品的快速消耗和融塑再造是这个时代的基本征象。

在有用-无用的截然划分中,多余和有余之间的天然联系于是被切断。多余成为垃圾的专门属性,只是垃圾废品意义上的无用,不再以其无用性而唤醒生命本身的有余。有余也不再来自生命本身的深层自觉,而是成为"八小时之外"的工业余料时间,以及娱乐产业为之加工之后形成的体验产品。在葛布绤绤消失的时代,黄鸟也不再鸣叫。被产品和垃圾充塞的现代,正是一个"正墙面而立"的无余世界。为什么这个时代尤其需要诗教,由此可见一斑。

读《卷耳》之一

诗之普遍及物性与朝向远方的忧思

采采卷耳，不盈顷筐。嗟我怀人，寘彼周行。
陟彼崔嵬，我马虺隤。我姑酌彼金罍，维以不永怀。
陟彼高冈，我马玄黄。我姑酌彼兕觥，维以不永伤。
陟彼砠矣，我马瘏矣，我仆痡矣，云何吁矣。

"采采卷耳，不盈顷筐。嗟我怀人，寘彼周行"：《卷耳》是一篇怀人之诗，这是从经文本身就能得读到的明确意思。所以，无论历代诗说如何聚讼纷纭，没有哪家解法能否认这一点。围绕《卷耳》的无数解说意见和争论，归结起来主要集中在两点：一在"何人思怀"？一在"思怀何人"？是"留守"妇人思夫，还是征夫思妇？是平民夫妇还是贵族夫妇，乃至文王太姒之间的思怀？抑或与夫妇无关，而不过如毛诗序所谓"后妃之志也，又当辅佐君子，求贤审官，知臣下之勤劳。内有进贤之志，而无险诐私谒之心，朝夕思念，至于忧勤也"？即使在最别具一格的毛诗解法中，《卷耳》

仍然是一篇"思念忧勤"之诗，在这一点上与别家说法并无二致，只不过其所思怀者不是夫君，而是贤人君子。[1]

我们不妨先悬置"谁思念"和"思念什么（或思念谁）"这两个具体问题，看能不能读出一点东西。我们先来思考一下《诗》之为诗的"物性"特点。诗不是"义理"，自然是要言及具体事物的。但诗是不是像历史或小说那样的方式涉及具体事物？与历史和小说比较而言，诗显然具有更加"普遍的事物附着性"。在这一点上，诗与义理的情形又比较接近（理该万事）。故此，从春秋时代以来就有着丰富的"断章取义"的赋诗传统、解诗传统和引诗传统。孔子赞子夏"起予者商也，始可与言诗已矣"，甚至把这种"普遍的事物附着性"作为读诗的入门。不能断章取义而兴此及彼，则不足与言诗也矣。

《卷耳》"怀人"的要义在一个未知的远方。无论解为怀念征夫，还是忧勤进贤，《卷耳》所思对象的情况都只是在想象之中，未能确定。这种不确定的忧劳之感，甚至体现在马之虺隤、玄黄[2]仆人之精疲力竭（"痡"）和登高远望之人（无论把这人解释为男人还

---

[1] "君子"一词在先秦政教结构中本指士大夫贵族，与庶民"小人"相对而称。在《论语》里，我们看到孔子对这两个词的运用有明显的道德化倾向，不再从社会地位出发。在《诗经》中，"君子"多指婚姻中的男方，同时又蕴含有道德教化含义。《卷耳》虽然没有出现"君子"，却也可以透过"君子"一词在先秦的两层意思来帮助我们思考：在关于《卷耳》的两种解释方向即"思夫"与"怀贤人"之间，在古人那里可能并不是那么不相协调，虽然在现代读者看来几乎毫无关联，显得像是经学强加给《诗经》的解释。

[2] 闻一多《诗经通义》解"玄黄"为马之"瞑眩""眼花"，尤其能凸显《卷耳》篇的无力感和不确定感。参张树波编《国风集说》，河北人民出版社，1993年，页34（后文再引此书，仅注书名页码）。

是女人）的无奈独酌之上。从"采采卷耳、不盈顷筐"的无能，到登山不进、人困马乏的无力，到望之不见、酌酒伤怀的无奈，《卷耳》整篇诗弥漫着一种无处用力的不确定感。或许正因此，《孔子诗论》才说"《卷耳》不知人"罢？[1]

如果我们把《卷耳》的忧思与《关雎》的思念做一个比较，就更能看清《卷耳》忧思的"远方"性质。《关雎》是一个男人对一个女人的目标明确的追求。所以，他的追求是一种锲而不舍的"寤寐思服"，而当"求之不得"的时候，"辗转反侧"也还是精力充沛的表现。所以，他最后终于能达到目标，高高兴兴地"琴瑟友之""钟鼓乐之"，就毫不奇怪了。虽然也有辗转反侧的忧思时刻、左右流求的艰难苦楚，但《关雎》全篇洋溢的终究是一股很阳刚的力量，贯穿始终。他想要发力，于是就能发出力，因为他的力有着力点和用力之处。这种力量的源头在于阴阳之间确定的相感或"可及感"，这一点在开篇两个字"关关"的两声应和中已透露消息，接下来在"淑女""君子"的对举中更加显白。而《卷耳》的开篇两个字虽然也是相叠的"采采"，但它是一个人单调重复的动作，带来的是落空的"不盈顷筐"。恍惚中怎么装也装不满的半筐卷耳，是一种对于远方的无力忧思，不知所思对象状况如何，不知我能为之做什么？

---

[1]《诗论》此句的释读和理解颇多争议，此处我们不展开讨论，只希望从《卷耳》忧思的"不确定性"特点出发，找到一点启发，或有助于理解《诗论》的意思。

读《卷耳》之二

"非其职而忧"的天下关怀与现代政治的貌公实私

从欧阳修的《诗本义》开始,历代疑《卷耳》毛序者多质以"求贤审官"非后妃之职。[1]其实,联系上一节的分析,我们不妨设想:可能正因为非其职而忧之,才有此无力之感。况且,难道不是直到现在,各国所谓"第一夫人"虽然并不是国家公职,但仍然在各种内政外交活动中以"非正式的方式"发挥着公共职能吗?[2]古礼既有所谓"夫妇有别",又有"夫妇一体",这本是自然而健

---

[1] 欧阳修《诗本义》卷一:"妇人无外事,求贤审官非后妃责。"参《四部丛刊》影印宋刊本。不过,欧阳修对毛诗和郑笺的批评其实仅限于一些细节上,而在以《卷耳》为慕贤之诗的诗旨大义上,仍然是赞同毛、郑的。这是欧阳修之疑毛诗胜于后世所谓疑经的地方。关于宋人之疑经与现代诗经学所谓疑古的区别,我们在前面的"诗教与疑经:《诗》学的古今之变"一节中有过相关讨论,此不赘述。

[2] 譬如2014年3月美国"第一夫人"米歇尔访华(并非跟总统随访),乘坐了美国空军的飞机,在华受到国家元首夫人的私人接待。虽曰非正式,不同于国礼,但其隆重程度和在华活动内容与正式外交实无区别。

全的政治理解力。而现代人虽曰把政治重新奠立于"自然"之上（所谓"自然状态"和"社会契约"理论），但其实比古人丧失了更多对于自然的健康常识。

在儒家传统里，一方面诚然是"思不出其位"（《论语·宪问》），"不在其位，不谋其政"（《论语·泰伯》），但这主要是就具体的事务性职责而言，是在顾炎武所谓"保国者，其君其臣，肉食者谋之"的层面上来说的；而另一方面，无论富贵贫贱都保有一个更加普泛的天下关怀："保天下者，匹夫之贱与有责焉耳矣。"[1]非"本职工作"而忧之不已、不能释怀者，非天下而何？子曰，"人无远虑，必有近忧"（《论语·卫灵公》）。天下之忧是一种远方之忧，其义湮没无闻久矣！

今人动辄批评古代政治之"私"，而现代所谓"公民"却永远只盯着自己的那点私利、权益和"本职工作"，毫无"非本职"的远方之忧。现代"人民"作为国家的统治者，却不关心国家，只关心自己。美其名曰"程序正义"的不记名投票，恰恰成为私利竞争的狂欢节，很难体现传说中的公共关怀。现代"公民"作为一国之主（所谓"民主"），在他"履行公共职能"为国家前途而秘密投票的时候，[2]却很少从长远出发、从公共利益出发，几乎永远只知道从个人的工作、收入和利益出发。最近乌克兰和台湾地区的宪政危机都是例证。现代"民主"的统治者名曰"公

---

[1] 顾炎武《日知录》卷十三《正始》。
[2] 不记名投票本质上就是秘密投票，当然，这是无奈之举，因为记名有可能带来政治压迫。

民",但他在投票或表达抗议性的公共意见时,并不能区分自己的私人利益和社会及国家公共利益的界限(而这一区分据说却是现代政治的基本原则和首要前提),徒以个人、族群或党派的私利为公开诉求的目标。现代"君主"(即"人民")只用"公私有别"这一原则来要求他的代理人(即政府和公职人员),却对作为统治者的"人民"自身毫无节制。如果说古代君主的私利受到的监管和制约只是不够完善的话,那么,"现代君主"即"人民"的个人私利则上升到了宗教神祇的绝对高度,成了神圣不可侵犯的终极目的本身。现代"民主"或"人民统治"作为如此绝对的、纯粹单方面的专制统治,远不是古代任何君主或贵族所能望其项背的。然而,这种统治方式的基础是赤裸裸的、作为最高宪法原则的假公济私(人民之"私"被神圣化为最大的和唯一的"公"),这无疑是政治和法度的极度败坏。

在这样的现代政治背景中,我们再来读《卷耳》的"后妃之志"作为一种"非其职而忧"的天下关怀,可能有特殊的启发意义。"非其职而忧"的天下关怀在古代政治传统中贯穿上下,所以,中国古代选举制度[1]并不片面重视"职能"选拔("官"与

---

[1] 中国选举传统源远流长,发展出了举荐、铨选、科考等多种基于德性教化的优良选举制度。"选举"一词是中国史籍高频词,并非只有"投票"才是选举。相反,投票很可能与"选举"或"选贤举能"关系不大,或至少算不上优良的选举制度。投票选举的优点只是"形式公平",但希腊古已有之的抽签选举制很可能比投票选举制有更强的"形式公平"。又,现代票选制度是代议制民主制度的一部分,而现代信息和网络技术的发展实际上使得全民直接民主在技术上非常容易实现,使得代议制在技术上不再有存在必要。不过,未来基于信息技术的全民直接民主会进一步暴露投票制度的缺陷,使"政治意见市场"和"民意行情"成为像股市一样的东西。

"吏"有别），而是以德性为中心（《关雎》亦以德选妃），"自天子以至于庶人，壹是皆以修身为本"（《大学》）。这是一种什么样的公呢？从天下之公的角度出发，国家公职都显得是"私"了。

《卷耳》是周南之诗。无论根据哪家诗说，《周南》都与周有关。周尚为诸侯国时，其志已在天下。周礼承自羲黄尧舜，成为中国天下政治的集大成和后世天下制度的基础。"《卷耳》，后妃之志也"：历代疑毛者徒知辨析"卷耳""金罍""兕觥"之细，而不见其"志"之大，真令人"永伤"。

《大雅·大明》写文王为什么述及"挚仲氏任"（太任）与"俔天之妹"（太姒）？《緜》写古公亶父迁岐为什么"爰及姜女"（太姜）？至于《思齐》，何以历数周室后妃"思齐大任，文王之母；思媚周姜，京室之妇；大姒嗣徽音，则百斯男"？这些都是在非常重要的国家政治场合使用的诗歌。谁谓天下之事与后妃无关？毛诗多以"后妃之德""后妃之本""后妃之志""后妃之化"解《周南》，盖深知周之所以王天下之所由也，岂是后世说诗者之细碎浅识可知？

读《卷耳》之三

从王者官人传统看四家诗说与编诗之义

　　毛序"后妃之志"之大，今文三家诗说则曰"古"曰"远"。从《淮南子·俶真训》对《卷耳》的征引，我们可以略窥鲁诗大义："《诗》云'采采卷耳，不盈顷筐。嗟我怀人，寘彼周行'，以言慕远世也。"高诱注："《诗·周南·卷耳》篇也，言采易得之菜，不满易盈之器，以言君子为国执心不精，不能以成其道，犹采易得之菜，不能满易盈之器也。'嗟我怀人，寘彼周行'，言我思古君子，官贤人，置之列位也。诚古之贤人各得其行列，故曰慕远也。"

　　诚然，正如方玉润在《诗经原始》中所辨，无论毛诗"求贤审官"的"后妃之志"，还是三家诗"怀古慕远"之志，很可能都是受到《左传》影响的结果，是从"断章取义"的"赋诗"传统而来的解释方向。[1] 襄公十五年载：

---

〔1〕 参方玉润《诗经原始》，中华书局，1986年，页77-78。下不别注。

楚公子午为令尹，公子罢戎为右尹，蒍子冯为大司马，公子橐师为右司马，公子成为左司马，屈到为莫敖，公子追舒为箴尹，屈荡为连尹，养由基为宫厩尹，以靖国人。君子谓："楚于是乎能官人。官人，国之急也。能官人，则民无觎心。《诗》云'嗟我怀人，寘彼周行'，能官人也。王及公、侯、伯、子、男、甸、采、卫大夫，各居其列，所谓周行也。"

"能官人"（"官"为动词，得贤人而官之）通孔子所谓"诗可以群"之义（《论语·阳货》），是华夏政治文明最基本的古老传统之一。《尚书》记尧舜之际最重要的政治行动就是"流四凶"和启用"八元八恺"，都涉及王者"官人"的器量和胆识，而《皋陶谟》《洪范》《周官》皆其流也。《大雅·文王之什》在开头几篇历叙周先王及文武之德，紧接着就是毛诗所谓美"文王能官人"的《棫朴》（齐说则以为文王郊祀伐崇之诗）。如果说《关雎》遥通《文王》，[1] 那么，根据毛诗解法，《卷耳》与《棫朴》便是《风》《雅》之间的另一个对子。这种对应关系提示汉代四家诗说的解经法是有通盘考虑的，很可能是深入体察孔子编诗之意的结果。

其实，从毛诗和三家诗的角度出发，阐释者完全可以毫无障碍地承认他们对诗篇的解释并不是所谓"作诗者的本义"，而是采诗、赋诗、编诗的诗教大义。这非但不会削弱汉代四家诗说的

---

[1] 参见前文"读《葛覃》之一：《关雎》《葛覃》犹《易》之乾坤"一节中的相关分析。

价值，反而可以凸显其意义。《易》象无非天地风雷水火山泽，而其义则圣人取之；《春秋》无非鲁史旧文，而其义则"丘窃取之矣"（《孟子·离娄下》）。至于诗，尤重赋义。"诗言志"，言近而旨远，咏此而讽彼，正是诗之为诗的根本所在。正因此，诗才是来源于生活和历史而又超越于一时一地的生活与历史之上的歌咏。

毛诗大序云"一国之事，系一人之本，谓之风"。古人有所谓"风闻言事"。风之所讽，一国之事也，而附于某人某物、某时某地、某某鸟兽草木之名，系之而已，未必有其"本事""本义"。对于很多诗篇尤其是《国风》来说，作诗何人、本事如何，很可能从一开始采风上陈的时候，就已经不可考了，何待后世诗说亡佚而后然？又如何可能通过考据训诂而得之？在这一点上，朱子《集传》常多阙疑，直言不可考，有比清人和近现代学者清醒得多的认识和谦虚得多的态度。采诗之意，原在观风，根本无意于像历史那样记事，或如小说俚语一般记录"传说"。在这一点上，《国风》和《雅》《颂》可能有很大的不同。《国风》来自太师或国史采风上陈（《周礼》《王制》以为太师，毛诗大序以为国史），然后乃得成为国家政教文献和礼乐典章，而《雅》《颂》则是贤士大夫乃至圣王的制作。然而，诗之为温柔敦厚的兴观群怨之教，其义则一也。故《卷耳》虽托卷耳之细，《棫朴》虽歌薪樠之盛，而其为"能官人"之义则未尝不可以一也。

读《卷耳》之四

中庸的慎密与广博

无论把《卷耳》"本事"解为夫思妇、妇思夫（而且无论其为贵族还是平民夫妇），还是"后妃求贤审官"，抑或"官贤人、慕远世"，没有哪家诗说可以否认一个简单的事实：《卷耳》涉及两件事即"采采卷耳"和"嗟彼怀人"之间的关系。"采采卷耳"之所以"不盈顷筐"，乃是因为"嗟彼怀人，置彼周行"。无论"怀人"被解释为谁怀谁，都不妨碍"怀人"这件事影响了"采卷耳"这件事，以至于采"易得之菜"而不满"易盈之筐"。荀子《解蔽》就曾从此出发，引《卷耳》以明用心不枝、"择一而壹"之理。

然而，"择一"就能"解蔽"吗？《解蔽》篇的开头恰恰说："凡人之患，蔽于一曲，而闇于大理。""一"如果被执为"一曲"的话，恰恰构成对人心的遮蔽，妨碍心灵开通而明见大理。真正的开通明见不在于执一，而在于"兼陈万物而中县衡焉"。万事万物仍然在那里，一毫不少，但却不相妨害、不相遮蔽。

"衡"可使万物相间杂陈而无相夺伦。然而,"何谓衡?曰道。故心不可以不知道"。于是,荀子说出了《解蔽》篇最重要的两个字眼:"道"与"心"。

知道之心并不神秘,它根植于行道或道路行走的日常经验。人在走路的时候既不可能不看路,也不可能只看路而不看其他。道路除了是路上的尘土、石块或水泥、柏油和路标之外,还是路边的草木(地)、头上的天空(天)和身边的行人(人)。"兼顾而专一"是行道的日常经验,也是道学的践行经验。[1]所以,在荀子那里,所谓"虚壹而静"的"壹"并不是执一,而是"不以夫一害此一谓之壹"。不看路而只看草木、天空和行人,会走错道;不看周遭而只盯着路面看,也会撞车撞人。

"壹"不只是"一",而是"此一""彼一""万一"都不相妨碍、不相遮蔽,以至于像一个和谐整体的状态,也就是"合于道"的状态。"道并行而不相悖"(《中庸》)。万事万物川流其中,各遂其性,谓之"壹"。其中有邃密,也有广博,"致广大而尽精微"(《中庸》)。邃密精微是一,广博宽裕是二,两者的统一是"壹"。这种"二而一"的"壹"便是"中庸"之几微。所以,《荀子·解蔽》篇随即就引用"《道经》曰:'人心之危,道心之微。'危微之几,惟明君子而后能知之"。到朱子序《中庸章句》的时候,也是开篇就从(伪)古文《尚书·大禹谟》的

---

[1] 更多相关分析,参见拙著《在兹:错位中的天命发生》书中的"道路与广场""睨读《中庸》"等篇。上海书店出版社,2007年。

"人心惟危,道心惟微,惟精惟一,允执厥中"入手,引入《中庸》义理。[1]

这个意思在王夫之《诗广传》论《卷耳》大义的时候,得到了透彻的展开。所以,如果从中庸之义出发,我们或许可以把《周南·卷耳》与《豳风·伐柯》放到一起看,因为它们在义理上都可以关联到中庸的基本经验。《中庸》引诗句"伐柯伐柯,其则不远"而释之曰,"执柯以伐柯,睨而视之,犹以为远,故君子以人治人,改而止",[2]就是在"柯"(树枝与斧柄)的"一而二、二而一"中发微《中庸》"执两用中"的大义。同样,在"采卷耳"和"置周行"两件事情之间,在"忘"与"不忘"之间,王夫之也读出了《卷耳》兼具的"慎密"和"广大":

> 不忘其所忘而忘其所不忘,至矣。不忘其所忘,慎之密也;忘其所不忘,心之广也。"采采卷耳""嗟我怀人"则"不盈顷筐"矣,然且"寘之周行"焉,故曰慎也。"采采卷耳"则"嗟我怀人"矣,登山酌酒,示"不永怀"焉,故曰广也。[3]

"不忘其所忘而忘其所不忘"语出《庄子·德充符》,原文语境是在残疾人与"全人"即平常健全人的比较中展开的工夫描

---

[1] 我们这里只面向思想的事情本身,不讨论《大禹谟》的真伪问题,也不管《荀子》所引《道经》是一部什么书,以及它与《大禹谟》有什么关系。
[2] 拙文"睨读《中庸》"曾有解读发挥,参见拙著《在兹:错位中的天命发生》,上海书店出版社,2007年。
[3] 《船山全书》第三册,页302。

述，这里被船山借用，以说明一边思怀远人一边采野菜的状态。思怀远人则无心采野菜，但采摘活动并不因之而乱，更不因之而废，这是"不忘其所忘"；持久的思而不得有可能使人焦虑，乃至颓废，使生活停滞，但《卷耳》之人可以寄思念于周行，望远人于高冈，让远方的远带走近处的烦忧，这便是"忘其所不忘"。正如船山所云："忘其所不忘，心之广也。"

孟子所谓"勿忘勿助长"的养气工夫，亦与之相类。时时要做工夫的事情是不能忘的，但记住它和长养它的最好方式却是别太当回事。这是因为，工夫就像禾苗的生长，须待自然养成。忘记禾苗，不给它浇水，它可能会死于缺乏帮助；但揠苗助长的话，却可能死于帮助过多。"忘"与"助长"都不懂什么是帮助，因为二者都把帮助理解为外在附加的东西，没有与帮助对象形成对话，它没有进入帮助对象本身。真正的帮助者其实无意于施舍或"好为人师"，他只是唤起被帮助者自身的生命力，让他自己生长。真正的帮助并没有给帮助对象增添什么，只是让对象自我认识、自我实现。如果帮助者能忘其所不忘，被帮助者能不忘其所忘，真正的帮助或教育才得以发生。[1]

对人或对物的帮助如此，对自己的"帮助"亦如此。孟子"苗喻"之所喻者，并非助苗，亦非助人，恰恰是助己，是帮助自己养浩然之气的方法。养气是持续的修身和自我关怀，须时刻牢记，"必有事焉"，不能有一刻之忘怀。但越是如此重要的事

---

[1] 关于孟子"苗喻"的教育学意义，更多分析可参拙文《孟子"苗喻"与活化古典的生命教育》，见刊《湖南师范大学教育科学学报》，2020年第4期。

情,越不宜死盯着,以免使之成为意必固我之事,导致揠苗助长的后果。所以,对于这个"必有"之"事",最好的办法是"忘其所不忘",存之于心即可,"必有事焉而勿正",待其自发而已。这便是"工夫"的时间含义。所谓"工夫",一直到今天的日常语言中都还保有不紧不慢地去做、等待时机自然成熟之义。这是最好的做事方法。对于那些有着终极重要性的事情来说,这几乎是唯一可行的方法。

船山说"不忘其所忘而忘其所不忘,至矣"。《中庸》的最后两个字也是"至矣"。至就是极。经典常训"极者中也",如《洪范》"建用皇极"、《周礼》"以为民极"等皆是。除了中庸之德,还有什么能是"至矣"之"极"呢?故孔子一再感喟"中庸其至矣乎,民鲜能久矣"(《中庸》及《论语·雍也》)。如此高明的德性,怎么会与采野菜这样的琐事关联在一起呢?此义正同《中庸》之引《诗经·伐柯》:"道不远人;人之为道而远人,不可以为道。"

从王夫之的解读可以看出,《卷耳》也许不一定涉及"后妃"(《诗广传》对此未置可否),但肯定涉及"志",而且是涉及天下的"大志"。此"志"曰"大",是因为不具体,不是"职业规划",与身份没有关系。只要是华夏文明之人,无论天子还是后妃、富贵还是贫贱,无不念兹在兹,以为己任。但它并不妨碍日常生活和工作,反而给日常生活和工作带来一个宽广的空间:

> 故广之云者,非中枵而旁大之谓也,不舍此而通彼之谓也,方遽而能以暇之谓也,故曰广也。广则可以裕于死生之

际矣。[1]

与之相比,"变风"中述及政事忧劳的一些篇章虽然不乏勤俭,但由于缺乏《卷耳》"不舍此而通彼"的广大宽仁之德,就会导致越勤勉反而越郁积的问题:

> 《葛屦》褊心于野,裳衣颠倒于廷,意役于事,目荧足缩,有万当前而不恤,政烦民菀,情沉性浮。其视此也,犹西崦之遽景视方升之旭日也,驻戾之情,迭乎风化,殆乎无中夏之气,而世变随之矣。[2]

"中夏之气"便是前文所谓"至矣"的"不忘其所忘而忘其所不忘":恪守职事之细而犹怀天下之志之大,有怀天下而于职事安之若素。即使在近三十年的中国劳工身上,我们还能感受到这种"中夏之气"。2003年,我刚到上海工作的时候,有一次坐最破的绿皮车出差,旁边坐着两个农民工。我一路上听他们谈话,都是"接地气"的家国情怀。不由得让人想到"社会精英"们的戾气,"其视此也,犹西崦之遽景视方升之旭日也"。

---

[1]《船山全书》第三册,页302。
[2]《船山全书》第三册,页302-303。其中"裳衣颠倒于廷"当指《齐风·东方未明》:"东方未明,颠倒衣裳。颠之倒之,自公召之。东方未晞,颠倒裳衣。倒之颠之,自公令之……"

读《樛木》

"上下交而其志同"

南有樛木，葛藟纍之。乐只君子，福履绥之。
南有樛木，葛藟荒之。乐只君子，福履将之。
南有樛木，葛藟萦之。乐只君子，福履成之。

《樛木》诗旨，大概有三种主要的解释方向：一说从后妃与众妾关系出发，如毛序以为"《樛木》，后妃逮下也，言能逮下而无嫉妒之心焉"，朱子《集传》因之；一说从周文王与诸侯关系出发，如何楷《诗经世本古义》"《樛木》，南国诸侯归心文王也"，丰坊伪作《诗传》"南国诸侯慕文王之德，而归心于周，赋《樛木》"，皆此类也；一说从夫妇之义出发，如《文选》"潘安仁寡妇赋"李善注引《樛木》葛藟句，以为"言二草之托樛木，喻妇人之托夫家也"，或为三家诗古义。

近现代诗学多欲脱离政教讽喻，纯以男女之情解之，如闻一多、朱守亮、陈介白等辈，貌似今文三家说，而实不同。[1]夫妇之义犹君臣之义、妃嫔之义，都是伦常义理的取向。而男女之情则毋宁说正是夫妇之义要去规范和节制的对象。另有一种解释方向专从"祝福"立论，实不足独立成说，因为经文明言"福履绥之""福履将之""福履成之"，无论哪家解说，都必然论及祝福之义。诸家解说的焦点不在是否祝福，而在祝福的情境为何。

方玉润批评"后妃逮下"说，融会君臣之义和夫妇之义两种意思，以为"君臣夫妇，义本相通，诗人亦不过借夫妇情以喻君臣义，其词愈婉，其情愈深，即谓之实指文王，亦奚不可？而必归诸众妾作，则固矣"[2]。君臣夫妇之义的会通这点很好，不过，刻意排除毛序，必不归诸众妾作，又何尝不固？在姚际恒看来，君臣之义和"后妃逮下"说就是可以会通的："伪《传》（当指丰坊伪作《诗传》）云'南国诸侯慕文王之化而归心于周'，然则以妾附后，以臣附君，义可并通矣。"[3]

实际上，如果我们搁置关于《樛木》"本事"的争论，从无可争议的起点出发，或许有可能找到一条义理线索，贯穿三种不同的解释。诸家解释的争论要点在于"后妃""君臣""夫妇"等人事礼法层面的政教讽喻意义，但诗之为诗的本质特点却在于，所有这些讽喻都是在"比兴"基础之上才能发生的。分歧和争论往往发生在人事政教讽喻层面，但在自然事物比兴层面却往

---

[1] 参《国风集说》页47-50。
[2] 《诗经原始》页80。
[3] 《国风集说》页49。

往分享共同的基础。从同一个自然事物出发,从类似的比兴关系出发,不同解释传统给出不同的人伦、政教或历史解释。这是很多诗篇解释分歧的大体情形。

"南有樛木,葛藟纍之":樛木下曲("木下曲曰樛"),葛藟上附,樛木和葛藟这两种自然事物及其上下依存关系,显然为任何一种关于《樛木》诗旨的解释提供了共同的比兴基础(此处不必区分比、兴)。无论以《樛木》为"后妃逮下"之诗,还是以"君臣之义"或"夫妇之义"解之,都必须从樛木下曲和葛藟上附的关系出发,找到解释的支点和发挥诗义的出发点。因此,如果我们从樛木和葛藟的上下关系入手,立足于无可争议的基础之上,再来思考《樛木》诗义的话,就能既不纠缠于"后妃""君臣""夫妇"之争,又能兼顾三者的诗教大义。

樛木与葛藟之所以能比兴"后妃逮下""诸侯归心"或"夫妇之义",关键不在于"情深词婉"的交缠之象,[1] 在于上下之间的通达。上下如何能通达?曰在上者主动向下,在下者积极向上,两气相交,乃能通达。如果在上者自上,在下者自下,两不相干,就会导致上下否隔。这便是《易经》泰卦和否卦的道理。泰乾下坤上,乾在下而天气自升,坤在上而地气自降,故"天地交泰","天地交而万物通,上下交而其志同"(《彖传》)。否则反是:坤下乾上,上者自上,下者自下,气不相交则否隔不通。

---

[1] 赵浩《诗经选译》谓:"现在边疆一些少数民族也常用'在山看见藤缠树'一类比兴手法来歌颂男女相爱和婚姻,从这首诗(《樛木》)可以看出一些源流关系。"参《国风集说》页52。

《樛木》和《易经》泰卦的道理启示我们，儒家礼法的要义不只是人们经常强调的尊卑有等，而且尤其在于"尊尊"。"尊尊"是一个动态的过程，是去尊那可尊的，不尊那不可尊的。可尊不可尊并不是一劳永逸地由"出身"和"种姓"决定的，而是由自己的德性和功业决定的。子曰"吾欲仁，斯仁至矣"（《论语·述而》），《书》云"皇天无亲，惟德是辅"（《蔡仲之命》）。德日进则人日尊之，德日颓则虽有位而人日卑之。故汤之盘铭曰"苟日新，日日新，又日新"（《大学》）。这不但是心性修养的箴言，也是制度设计的原则。从《诗》《书》的时代开始，经过历代的努力，华夏文明构建了古代世界各国中最大规模的学习型社会、进取型社会、选举型社会。有德者虽卑微而能上进，败德者虽富贵而能下贬。

　　在这样的社会环境中，"谦虚"自然成为在上者不可或缺的基本德性修养，因为并没有一劳永逸的外在"制度"能保障在上者的尊贵位置，而稍微的骄纵就有可能导致覆亡；"进取"也自然成为在下者的基本德性，因为"学而优则仕"，"吾欲仁，斯仁至矣"。

　　"樛木下曲"和泰卦乾下一样，都是在上者必须具备的德性，而不是像在现代社会中的情形那样假意给在上者一种卑下的地位。在"公仆"和"骂总统"中，现代人得到的是虚假的自由，失去的是德性的尊严，实际收获的是僭主的统治。有谦下之德的人居上位而受到尊重，这是古代的诚实制度，所谓"君君臣臣父父子子"（《论语·颜渊》）；没有德性的人居上位而受到谩骂，这是现代的自欺制度，或最多只能算是一种低水平的诚实，即所谓"宁做真小人，不做伪君子"。当然，古代制度倘若堕落为无德之人僭上位，同时还道貌岸然地以德自居、以礼自饰、以理杀人，就反而不及现代制度的低水平诚实了。古今制度嬗变的大势，大概也像是《樛木》之象所示，不断就下而已罢？

　　《樛木》是第二篇咏及葛藤的诗。这篇诗出现在思怀远人、心忧天下的《卷耳》之后，意味深长。葛的第一次出现在《周南》的第二篇《葛覃》，紧接在《关雎》之后。《关雎》"窈窕淑女，君子好逑"，然后《葛覃》"归宁父母"，合两姓之好，都是齐家之事。《卷耳》"嗟我怀人，寘彼周行"，志在远方，治国平天下之事也，故《樛木》下曲而葛藟上附，天地交而万物通，上下交而其志同，"福履成之"，不亦宜乎？故《葛覃》之葛平展，《樛木》之葛上附，"六通四辟"（《庄子·天道》），王者之事尽矣。

读《螽斯》

反思现代妇女解放、计划生育和爱情的本质

> 螽斯羽，诜诜兮。宜尔子孙，振振兮。
> 螽斯羽，薨薨兮。宜尔子孙。绳绳兮。
> 螽斯羽，揖揖兮。宜尔子孙，蛰蛰兮。

《螽斯》大旨通《大雅·思齐》"则百斯男"，祝多子多孙，历代诗说几无异议。虽然在一些细节上仍然不乏争论，譬如螽斯何物？断句"螽斯羽，诜诜兮"还是"螽斯，羽诜诜兮"？"后妃不妒忌"与"子孙众多"有否关系？围绕这些问题聚讼纷纭，莫衷一是，但都不妨碍说诗者形成共识：诗旨大义涉及子孙生育问题。

无论对于个人和家庭生活来说，还是对于国家政治来说，生育问题在古今中外都是非常重要的方面。在《理想国》的城邦政制设计中，"计划生育"（包括配偶安排和优生优育等）成为重要一环。直到今天，各种或隐或现的生育政策和人口政策

一直构成了福柯所谓"生命政治"的基本内容。在今天的西方国家，围绕生育问题形成的意见分裂正在成为越来越严重的政治问题。一方面是"左派"的后现代主义、女权运动、同性恋和同性婚姻运动在进一步加速生育率的降低；另一方面，在民主制和全球化前提下，白人生育率的持续降低正在刺激西方极右思想和白人种族主义的回潮。左派右派的对立，在西方历史的某些时候主要与经济问题联系在一起。而今天，却直接与生育问题关联起来。

在传统中国，生育对于生活意义的构建有一种宗教性的基础意义。祭祀先祖和生育后代不只是家庭之事和国家之事，而且首先是"大化流行""赞天地之化育"的天地之事。以此，家族宗祠和国家太庙的建制才有"天命之谓性"的义理基础，否则就只不过是现代人所鄙夷的"自然血缘关系"和"裙带政治"而已，毫无公义可言。

在现代中国的生活伦理革命和现代国家建构过程中，"生育革命"构成了非常基础性的方面。首先是女人被从"家庭妇女"和"生育工具"中解放出来，投入"革命""爱情"和"生产"。"生产"这个词本来兼指"生孩子"和"生产劳动"（西文 produce 亦然），但在古代汉语中主要指前者，现代语境中主要指后者。日常词义的变化反映了社会形态的古今之变。

接下来，在"妇女解放"之后的进一步动作是"计划生育"：这被视为对国家人口压力和妇女生育压力的双重解放。户籍与税收管理的精确，暴力垄断和司法救济的扩大，救灾与战争动员的迅捷，网络与电子监控的深入等等，都是衡量现代国家能力的重要指标。但这些还都是"关于人"的控制。涉及"人本身"的"生死管理"才是现代国家机器控制力的最极端表现。如果说"妇女解放"只不过是使妇女变成"劳动力"的运动,那么,"计划生育"就是进一步把妇女变成"劳动力(人口)计划产出的生产车间"。从"家庭妇女"变成"社会劳动力",从"男人和家庭的生育工具"变成"国家人口的计划生产车间",这便是现代妇女解放运动的本质。

而所有这一切计划之所以能顺利进行,主要得靠"爱情革命"保驾护航。因为只有以"爱情"为诱饵,颠覆传统家庭伦理和婚姻制度,女人才会上当,踏上追求"解放"的"娜拉出走"之路。几乎每一篇西方近代和中国现代文学写的都是这件事情,而几乎每一篇《诗经》篇章都可以帮助我们反思现代"爱情革命"的政治经济学本质。

如果我们说《螽斯》的"子孙众多"构成了全部《诗经》言情的基点和旨归的话,现代女权主义者肯定会跳起来反对,因为我们这么说的话,似乎就是把女人当成了"生育工具"。这种反对是未经深思的,是被现代意识形态洗脑的结果。这种反对意见无非是想说:为爱情而爱情是把女人当女人,而为生育而婚姻就是把女人当工具了。但这种想法经得起推敲吗?略加反思,我们很快就会发现这种想法的前提是:"爱情"是"自己"的,而孩子或者跟"爱情"无关,或者虽然是"爱情的结果"但不是"自己的"。这无异于说,"爱一个人(男朋友或丈夫)"是"我自己的事",而"生一个人(孩子)"不是"我自己的事"。或者说,丈夫是"我的",而孩子不是"我的"。

如此一来，女人之为女人岂不是被剥夺了生育的权利和做母亲的权利？这种思想又是多么荒唐呢？怪不得很多现代女性在"爱情"和婚姻中只能享受浅层次的快乐和幸福感（性快感、甜蜜感、温馨感、归属感、安全感等等，总归是各种"感觉"层面的东西），而不知道通过生命的创造活动（生育后代）来接通天地大化，追求更深、更高、更完满的快乐和幸福。如果说那些从婚姻、家庭和生育中得到最大幸福的传统妇女是"生育工具"，那么，那些只追求一时感觉的现代妇女岂不是"爱情的工具"？更何况，在现代性的全盘规划中，"爱情工具"的真实意图还并不是要现代妇女"享受爱情"，而是以爱情为诱饵，最终诱使女人离开家庭这个幸福的源泉，成为社会的"生产工具"和"有计划地生产人口的车间"。

读《桃夭》

桃叶、家人与治国平天下

> 桃之夭夭，灼灼其华。之子于归，宜其室家。
> 桃之夭夭，有蕡其实。之子于归，宜其家室。
> 桃之夭夭，其叶蓁蓁。之子于归，宜其家人。

《桃夭》嫁女，言婚姻之义，诸家诗说大同小异，而毛诗小序犹然牵涉后妃，以为"《桃夭》，后妃之所致也"，后世多不理解，亦鲜有赞同。后序敷演小序之意，以为"不妒忌则男女以正，婚姻以时，国无鳏民也"，延续以前诸篇"不妒忌"之义，尤为后世诟病。虽然"男女以正、婚姻以时、国无鳏民"之意很少有人能批驳（《大学》引《桃夭》亦本此义），但"不妒忌"是否与《桃夭》有关系，则几乎听不到肯定的意见，以为只不过是毛诗的牵强附会，把没有关系的东西牵扯到一起。

诚然，《桃夭》并无一字言及后妃，亦无一字涉及妒忌不妒忌。为毛诗序做任何字面上的辩护可能都是徒劳的，我们也无意这么做。不过，如果我们考虑到诗之为诗往往就是把貌似没有关系的东西关联到一起，诗教之为诗教往往就是把礼义加诸人情以移风易俗，那么，就算我们不能接受"后妃""不妒忌"等显然与经文无关的解法，这种解法所蕴含的礼法与人情之间的张力，以及解诗者为弥合这种张力所作的努力，仍不能不引起我们持续的思考。

《桃夭》的诗教张力体现在"桃之夭夭"的美艳和"宜其家人"的柴米油盐之间。这种张力甚至体现在"逃之夭夭"和"人面桃花"这两个与《桃夭》关系暧昧的成语之中。牟庭《诗切》从"逃之夭夭"解"桃之夭夭"，以为"桃之言逃也，以兴女子逃其家，而奔人者也"。[1]美艳姿色是令人惊异之物、不甘于平庸之物，也是短暂之物，所以"人面桃花"的故事只能见一次才有"惊艳"。而家庭生活则是过日子，平常而恒久，所以《桃夭》三章从桃花、桃实，最后落实到最平淡无奇的桃叶。周冯《诗经译释》怀疑三章次第当"首章先言红花之后，二章应言绿叶，三章再言果实"，[2]可能是不知《桃夭》诗教用心的猜测。桃花的惊艳和桃叶的日常，这两者之间有张力，而《桃夭》终归于"其叶蓁蓁"，化之于无形。如何驯服性情的张力，施教化于人情，移风俗于无形，正是作诗之人、编诗之人和历代解诗之人的工作所在。这种工作就是"诗教"。

―――――――――

[1]《国风集说》页62。
[2]《国风集说》页63。

现代读者以诗为抒情，不知诗教之志，所以，费振刚虽然能从文学角度发现"人面桃花的传奇故事可能是受《桃夭》的一定启发"，[1]却只知赞叹《桃夭》修辞生动，而不知其用心良苦。赵浩如徒知《桃夭》"写得乐观、轻快"，[2]而不知其轻快节奏下面的深沉厚重。知"温柔"而不知"敦厚"，知"无邪"而不知"兴观群怨"，是现代诗学的通病。其根本症结在不知诗教大义。

《桃夭》诗教义理之大，莫过于《大学》的征引和发挥：

> 故治国在齐其家。《诗》云："桃之夭夭，其叶蓁蓁。之子于归，宜其家人。"宜其家人，而后可以教国人。《诗》云："宜兄宜弟。"宜兄宜弟，而后可以教国人。《诗》云："其仪不忒，正是四国。"其为父子兄弟足法，而后民法之也。此谓治国在齐其家。

《大学》一连引《诗》三篇，《桃夭》《蓼萧》《鸤鸠》，从夫妇和父子兄弟出发，说明"治国在齐其家"。"治国在齐其家"在引《诗》之前和之后，两次出现。

《大学》的这三次引《诗》是有层次的。引《桃夭》《蓼萧》是明"齐家"以教"国人"之义，引《鸤鸠》则是明"齐家"以为"民"法。"国人"与"民"有等级差别，"齐家"之义则一也。在《桃夭》和《蓼萧》的引用之间又有差别：引《桃夭》是齐夫妇以教国人，引《蓼萧》则是齐兄弟以教国人。夫妇兄弟

---

[1]《国风集说》页65。
[2]《国风集说》页63。

有别，而齐家以教国人之义则一也。

明乎此，我们就能明白《大学》对《桃夭》的征引为什么不取前两章，不引"桃花"和"室家"、"桃实"和"家室"，而是引用了"桃叶"和"家人"？桃花是女人自己，桃实是孩子，桃叶是家人。《大学》引《桃夭》意在由齐家而治国，由家人而国人，所以引第三章："桃之夭夭，其叶蓁蓁。之子于归，宜其家人。"与"灼灼其华"的桃花（新妇）和"有蕡其实"的桃实（孩子、"宝贝"）比起来，"家人"和百姓日用的生活可能没那么光鲜，但是朴茂，有"其叶蓁蓁"之象。朴茂构成光鲜的基础，"家人"于是可以连通"国人"。

所以，一章"灼灼其华"则"宜其室家"，落在"家"。所谓"男有室、女有家"，"之子于归"则有家矣，为后面两章的展开奠定了基础。妇人外成，谓"嫁"曰"归"，所归者"家"也。现代婚姻的意义被缩减为两人之间的"爱情"，而古代婚姻首先是"合两姓之好"（《礼记·昏义》）。对于"出嫁"（即"归家"）的女子来说，她首先是归属到一个家，其次才是成为丈夫的妻子。先"登堂"，再"入室"。

二章"有蕡其实"则"宜其家室"，落在"室"。入室为妻，生子，然后家可以延续矣。"室"是"家"中比较私密的部分。对于男子来说，"有室"就是有妻，所谓"妻室"。只有到第三章比较一般性的"家人"层面，才有社会性的展开，由齐家而治国平天下。故《周易》"家人"之象传云："父父、子子、兄兄、弟弟、夫夫、妇妇，而家道正。正家，而天下定矣。"

家庭与国家之间自然也有张力，但家人与国人之间不是一种公私内外的对立关系，而是自小而大的推扩关系；从家人到国人和天下之人不是广场性的分界概念，而是道路性的生发概念。分界概念与尺度较小的城邦政治、公民国家相应；推扩关系则与广土众民的家国天下体系相应。[1]故《大学》引《桃夭》"家人"而终至于平天下，周易"家人"卦正家而竟至于"天地之大义"（《周易·彖传》）。从"灼灼其华"的惊艳到"有蕡其实"的神奇（能生所以神奇），最后到"其叶蓁蓁"的朴茂，《桃夭》的女人经历了完整的成长历程，中华政教也自齐家以至于治国平天下，经历了充分的文明发育。这层意思在接下来的一篇《兔罝》中，将会有更广阔的展开。

---

[1] 参拙文《道路与广场》《尼各马可伦理学道学疏解导论》，分别见收拙著《在兹：错位中的天命发生》（上海书店出版社，2007年）和《道学导论（外篇）》（华东师范大学出版社，2010年）。

读《兔罝》

张弛有度的文明

　　肃肃兔罝，椓之丁丁。赳赳武夫，公侯干城。
　　肃肃兔罝，施于中逵。赳赳武夫，公侯好仇。
　　肃肃兔罝，施于中林。赳赳武夫，公侯腹心。

　　为什么《桃夭》之后紧随《兔罝》？根据传统经学的说法，《诗经》的编排是孔子手定。思考《诗经》篇目的顺序，可能是体会夫子编诗之意的必要工作。《桃夭》位居《周南》正中，前后各五篇，位置非常特殊。《兔罝》是紧随《桃夭》的第一篇，也是《周南》十一篇中唯一脱开儿女家事，以"武夫"与"公侯"为内容的诗篇。这两篇的衔接似乎暗示了从"齐家"到"治国平天下"的关联。为什么《大学》在论及"治国在齐其家"的时候引用《桃夭》的诗句？这一引用的深意是否在紧随的《兔罝》一篇中有着更加广阔的义涵？

　　"肃肃兔罝""赳赳武夫"：《兔罝》一篇铿锵短促的节奏在

《周南》的出现似显突兀。前后诸篇皆多儿女情长，而此篇却有"深穆雄武之气"，[1]颇嫌不类。这种不协调在毛序的解释中达到了最突出的表现："《兔罝》，后妃之化也。《关雎》之化行，则莫不好德，贤人众多也。"方玉润《诗经原始》因而抱怨说，"不知武夫与后妃何与？章章牵涉后妃，此尤无理可厌"，[2]非常有代表性地表达了这种不协调的感觉。

其实，如果不理解诗教大义的话，即使不与"后妃"扯上关系，我们仍然会觉得《兔罝》与《周南》诸篇不甚协调；而如果从诗教的根本出发点也就是"齐家治国平天下"的视角出发，一以贯之地看"后妃"和"武夫"的话，我们就会发现"关关雎鸠""桃之夭夭"之类并非一味缠绵柔弱、儿女情长，而"肃肃兔罝""赳赳武夫"也并不粗鄙无礼、穷兵黩武。

这样一来，我们就会发现，《兔罝》与《周南》诸篇的不协调就只不过是未经深思的表面印象，而它们之间的一致性则实际上构成了《周南》乃至全部《诗经》以至于中华政教文明的一以贯之之道。这个"道"便是《易传》所谓"一阴一阳之谓道"，或如夫子所谓"文质彬彬"的中庸之道。所以，面对《兔罝》这篇诗，真正值得我们思考的问题并不在于表面上的"武夫"形象在《周南》的出现是否协调，也不在于"武夫"与"后妃"的关联是否协调，而在于从根本上追问：《周南》编诗之志何为？《诗经》解诗之义何在？

---

[1] 参牛运震，《诗志》，李辉点校，语文出版社，2019年，页5。
[2] 《诗经原始》页84。

《兔罝》与"德化"的关系,朱子《诗集传》解释说:"化行俗美,贤才众多。虽罝兔之野人,而其才之可用犹如此,故诗人因其所事以起兴而美之,而文王德化之盛,因可见矣。"[1]《诗经原始》批评朱子此说"亦属虚衍附会",是误会朱子所谓"德化"同于毛序所谓"后妃之化"。其实朱子说的"德化"是指"文王之化",这是朱子解《周南》的基本思路。不过,朱子《集传》与毛诗的《周南》解释虽有文王、后妃之异,但二者立足于"德化"解之则完全一致。《春秋》"元年春王正月",何注言及文王之化乃至于草木昆虫。至于化及罝兔野人,自然不难理解。但武夫野人之化是否与"后妃之化"有关,仍然成问题。

苏辙《诗集传》试图解决这个问题:

> 罝兔之人,野之鄙人也。野之鄙人,礼之所不及也。礼之所不及,其心无所不易。人而无所不易,则其于妻妾也,无所复敬矣。今妇人能以礼自将敬而不可慢,故其夫虽罝兔之鄙人而犹知敬之。夫人知敬其妻妾则无所不敬,是以至于椓杙而犹肃肃也。……世未尝患无武夫,独患其不知敬而不可近。今武夫而知敬,故可以为公侯干城也。《桃夭》言后妃能使妇人不以色骄其夫,而《兔罝》言其能使妇人以礼克君子之慢。故《桃夭》曰'致'而《兔罝》曰"化"。夫'致'者可以直致,而"化"者,其功远矣。

此"化功"之远,甚而至于文明野蛮之分。根据苏辙的解

---

[1]《诗集传》页7。

释,文明教化鄙野竟然是从夫妻相敬开始的,而夫妻相敬则是从妻子能让丈夫尊敬自己开始的。罗马人抢萨宾娜女人是野蛮的行为,而萨宾娜女人作为罗马人的妻子获得丈夫的尊重则是罗马文明的开始。当男人学会尊敬妻子,夫妇合体同尊(《礼记·昏义》),才能学会敬事,负责任地对待身边的事务,能"养女子与小人"(此处"小人"没有道德贬义)。能敬事,"养女子与小人",则能为"诸侯干城",进入社会和政治的公共生活。所以,从《诗经》以来的中国诗歌传统,常以夫妇喻君臣,其来有自矣。夫妇生人,君臣生物(《大禹谟》所谓"正德、利用、厚生");无感不诚,无情不敬;不诚无物,不敬无物。诚敬则能感,能感则有情,有情则能共事、生物、齐家治国。

一个民族如果还没有婚姻礼法,只有抢女人,那就相当于还没有生产和交换,而只有抢财物,都是处在野蛮阶段的表现。这种状态就是还没有进入能"养女子与小人"的文明状态。正如《易经》体现文明之义的离卦所示(两阳爻在外护持中间一个阴爻),文明意味着阳刚对阴柔的养护。孔子说"唯女子与小人为难养也"(《论语·阳货》),恰恰表明他非常重视女子与小人之养。"小人"或从事细务的"野人"从事直接的物质生产,尤其是食物的生产;"女子"是男人欲望的自然对象,也是家庭和国家延续的基础。如何安排好食色的秩序,不争抢,不乱,正是礼乐的内容。"礼云礼云,玉帛云乎哉;乐云乐云,钟鼓云乎哉?"(《阳货》)在礼乐形式的美好下面,是对食色需求的安排、引导和提升。如何"道(导)之以德、齐之以礼"(《为政》),正是道德礼义的任务。故《礼运》载孔子云:"饮食男女,人之大欲存焉,死亡贫苦,人之大恶存焉。欲恶者，人之大端，人藏其心，不可测度，美恶皆在其心，不见其色，欲一以穷之，舍礼何以哉？"

罝兔之野人本在礼乐教化范围之外，而《周南》王者之化（无论文王还是后妃）泽被草野，莫不化之，以成王道之大。是为"天下"，是为"大一统"。近代以来，由于受到现代民族国家理念的影响和现代国家建构的需要，此义已湮没无闻。"天下"并不是"世界"或"地球村"，"大一统"并不是"专制统一"。《春秋》"大一统"的"天下"是超越了西方古代"城邦"（polis）形态和现代"民族国家"（nation-state）概念的大政治文明概念。国际政治意义上的古希腊城邦格局，与国内社会政治意义上的奴隶制（包括以女人和孩子为财产的制度）是密切相关的。直到现代西方，国际意义上的民族国家格局与国内政治制度上的民主制，实际也是同一件事情的两个方面。"城邦－奴隶制"和"民族国家－民主制"的政治结构都是以"公民权"为基础的政制，区别只在于享有"公民权"的人员范围大小有别。西方政制的发展史，就是享有公民权的人数范围不断扩大的历史，以及与之伴随的"城邦"扩大为"民族国家"的历史。但无论怎么扩大，西方政治对人的理解都未能超出"国家公民"或"世界公民"的概念，达到"天下之人"的概念，所以，西方人对政治之为政治的理解也未能超出"国家"，达到"天下"。[1]

天下文明的政治概念不是一种"权利"及其范围的思想和制

---

[1] 更多分析，参见拙文"《尼各马可伦理学》道学疏解导论"，见收拙著《道学导论（外篇）》，前揭。

度，而是一种教化的思想和制度。就个人而言，就是"君子""野人"之间的"先进于礼乐，野人也；后进于礼乐，君子也"（《论语·先进》），或"学而优则仕，仕而优则学"（《子张》）；就国家而言，就是诸夏和夷狄之间的"夷狄进而为华夏，华夏退则为夷狄"。无论在国内社会秩序安排上，还是在国际政治安排上，"壹是皆以修身为本"，都是"教学为先""惟德是辅"的政教思路。只有在这个思想背景中，我们才能理解今文三家诗以"文王举闳夭、泰颠于置网之中"来解《兔罝》的意义。[1]

举小人于野，因其德而置诸君子之位，授之以政，这与"授予奴隶或外邦人以公民权"的政治逻辑完全不同。在公民和奴隶或外邦人之间有本质的区别，而在君子小人之间则只有德性教养的程度差别。"天命之谓性，率性之谓道，修道之谓教"（《中庸》）：华夏政教文明是一种建立在天性平等基础上的、可以通过德性学习而来改变位置的德性等级制度。修德，则下可以上；败德，则上可以下。能上能下的前提是"人皆为天地所生"的平等。孔子所谓"有教无类"，就是教化面前一律平等。平等不是目的，而只是出发点；平等的目的，恰恰是为了分出德性的等级；德性等级的区分不是为了固定等级，而是为了激励每个人投身学习和教养，实现自己的天命之性，做大人君子，成为对家国天下有用的人才。上博简《孔子诗论》谓"《兔罝》其用人，则吾取"，说的大概是这个意思。前面在读《樛木》篇的时候，我们也曾从泰卦的上下交泰之义阐述过相似的意思。

---

[1] 参《诗三家义集疏》页43。

但《兔罝》的情况可能比《樛木》要复杂一点。这里不但涉及泰卦的上下关系，也涉及离卦的内外关系。"作结绳而为网罟，以佃以渔，盖取诸离"（《周易·系辞下》）：兔罝网罟本就是离卦之象，而置兔之人内知敬妻，外可为"公侯干城"，皆为阳刚卫外之象。"离中虚"：两阳在外而一阴居中，犹网罟有眼而经纬成之。网罟之为网罟在于有网眼，而网眼之为网眼则在于有经线纬线以纲维网眼。家之为家在于有妻子，国之为国（城）在于有人民，而妻子、人民之为妻子、人民，则在于有"赳赳武夫"为之"干城"。网眼阴也，经纬阳也，而纲维网眼之阳亦柔（网线须软）；妻子人民阴也，武夫阳也，而捍卫妻子人民之"赳赳"阳刚亦"肃肃"能敛也。故苏辙曰："世未尝患无武夫，独患其不知敬而不可近。今武夫而知敬，故可以为公侯干城也。"柔韧而能纲维，此非《中庸》所谓"南方之强"欤？南方，离卦之方也；"南方之强"，"文明之强"也。

"肃肃兔罝"之"肃肃"，毛传训为"敬"，朱子《集传》以为"整饬"，牟庭《诗切》以为通"萧"，"盖清静无声之貌"，马瑞辰《毛诗传笺通释》以为"缩"之假借，"言其结绳之状"。说虽不同，而皆有收敛之象。观诸全篇，每章第一句"肃肃兔罝"为收，第二句"椓之丁丁"或"施于中逵""施于中林"为放（这三句之中，自声闻于外至于中逵又至于中林，又有渐收之象）；第三句"赳赳武夫"为放，而末句"公侯干城"或"公侯好仇""公侯腹心"则又是收（此三句自干城至于腹心，亦有渐收之象）。全篇一张一弛、一收一放，章句的节奏感正如网的使用方法，也是一张一弛、一收一放。张弛有度、收放有节，则

《兔罝》用人得法，为政教文明之则，故为二南正风之篇。张弛收放无度，则《新台》"鱼网之设，鸿则离之"，《兔爰》"有兔爰爰，雉离于罗"，则贤愚错位，法度尽失，宜居变风矣。

《兔罝》更深一层的意思，可能涉及文明的形态嬗变。在《系辞传》讲尚象制器的那段话中，取诸离而作网罟是上古圣人取诸卦象而制作的第一件器物。接下来讲到的第二个卦象和器物则是取诸益卦而制作农耕工具耒耜："包牺氏没，神农氏作，斫木为耜，揉木为耒，耒耨之利，以教天下，盖取诸益。"第三个卦象和器物是取诸噬嗑卦而设计市场交易："日中为市，致天下之民，聚天下之货，交易而退，各得其所，盖取诸噬嗑。"先有渔猎，后有农耕，最后是商业。从这个背景出发，思考《兔罝》在《诗经》的位置，当别有深意。[1]

《诗经》涉及劳动的篇章，要么歌咏渔猎，要么赋叙农耕；用于起兴的动植物，要么鸟兽，要么草木。故孔子曰"多识于鸟兽草木之名"。《兔罝》是《诗经》中第一次出现渔猎主题的诗篇，此后将多次重复出现，与农耕主题并列，构成《诗经》的一条重要线索。二南的最后一篇《驺虞》就是这条线索中的重要一环，而且与《兔罝》恰成渔猎活动的两个代表：一者张网等待，一者发矢进取。与农耕相较而言，渔猎与动物相关，总体偏阳性；而渔猎内部，则《兔罝》张网又偏阴，《驺虞》射箭又偏阳。

---

[1] 关于《系辞传》"尚象制器"的更多分析，参拙文"气化、吊诡与自由：《周易·系辞传》尚象制器章读解"，见收拙著《生命的默化》，同济大学出版社，2017年，页87。

动而能静,"武夫而知敬",故《兔罝》赳赳肃肃,文质彬彬,庶几中庸矣。

　　这种中庸或文明的"南方之强"到《秦风》的时候,将表现出一种败坏的形态。《秦风》之《车邻》《驷驖》《小戎》,一派戎马金杀之象,虽古风犹存而实开后世法家以利奖战之先声。《兔罝》以"《关雎》之化"而野人武夫"莫不好德",秦法以利相竞则虽王公大人而礼乐废弛、道德败坏,斯文扫地矣。反观二南,《兔罝》勇而敬,《驺虞》杀而仁;既田猎以尚武,又礼敬以修文,则农耕与狩猎之文明冲突可以阴阳调和、文质彬彬矣。在这个意义上,《兔罝》诗旨大义很可能涉及中华政教文明之所以延绵不绝、发皇光大的深层特质。由于这些特质在华夏文明的开端就已形成并发挥作用,所以,曾经在犹太人的《创世记》中导致"人类第一次谋杀犯罪"的该隐(农夫)、亚伯(牧人)之争,在中国元典《诗经》中则化成了《兔罝》和《茉苢》的交响曲。

读《芣苢》

专一永贞的坤德

  采采芣苢，薄言采之。采采芣苢，薄言有之。
  采采芣苢，薄言掇之。采采芣苢，薄言捋之。
  采采芣苢，薄言袺之。采采芣苢，薄言襭之。

  《芣苢》是一篇奇特的诗。《诗》篇的结构，一般来说涉及两个或两个以上的构成要素，如《关雎》交织着"雎鸠""荇菜""淑女君子"这三个要素，《葛覃》由"葛"与"黄鸟"而至于"绤绤""归宁"，《卷耳》徘徊在"采卷耳"和"怀人"两件事情之间，如此等等。但《芣苢》三章只反复歌咏一件简单的事：采芣苢。
  《芣苢》惊人的单调重复不但体现在三章之间，而且体现在每一章内部：每一章前两句与后两句的结构是完全一致的，以至于我们完全可以把全篇理解为六章，每章两句，甚至即使细分到每一句，也都只有一件事：采芣苢。[1] 变化的字眼只在采摘的六个动作：采、有、掇、捋、袺、襭。

《芣苢》全篇共有十三个"采"字，是《诗经》"采"字最多的一篇，也是最专一的一篇。《关雎》"参差荇菜，左右采之"，而意在淑女；《卷耳》"采采卷耳，不盈顷筐"，则因于怀人；《采蘩》《采蘋》皆问句，"于以采蘩？""于以采蘋？""于以用之？""于以奠之？"诗句节奏每因问答而顿挫拂抑，郑重犹疑，与《芣苢》采之不已、单一重复的节奏形成对比。

《芣苢》单纯的节奏回响在历代关于《芣苢》诗旨的不同解释中。这些不同解释可以分为两大类：《芣苢》涉及芣苢之外的事情，还是仅仅歌咏采采芣苢？《芣苢》单纯的节奏加强了后一种印象："殊知此诗之妙，正在其无所指实而愈佳也。夫佳诗不必尽皆征实，自鸣天籁，一片好音，尤足令人低回无限"。[2] 但在我们看来，《芣苢》的单纯专一可能比这种解读更深一层：即使指涉芣苢之外的东西，仍然不改它的"自鸣天籁，一片好音"，虽然事情和心情可能不一样。

以《芣苢》为托讽他事的解释中，又可分为两大类：从毛传经朱子到闻一多，大概皆以《芣苢》为"妇人乐有子"之诗，虽

---

〔1〕 姚际恒《诗经通论》："以韵分三章，章四句；然每二句只换一字，实六章，章二句也。"（《国风集说》页79）

〔2〕《诗经原始》页85。

然细节解释上多有不同（如"芣苢"为车前还是薏苡？闻一多又以"芣苢"为"胚胎"谐音等）；三家诗则以为《芣苢》是"妇人伤夫有恶疾而终不离弃"之诗。[1]

两说虽事有不同，而实有相通之处。毛传涉及子嗣问题，而韩诗所谓"伤夫有恶疾"具体说来也是"人道不通"（即不能行夫妇之事）而无子的问题。更重要的相通之处在于，两说都合乎《芣苢》单纯专一的节奏。

毛序一派和平之象，"和平则妇人乐有子矣"，故为"后妃之美"，郑笺所谓"天下和，政教平也"，故《毛诗·芣苢》的单纯节奏是天下平和无事的音调。鲁韩诗说涉及一个不幸的故事，但蔡女的"贞壹"之德让不幸的遭遇沉静下来，使"人道不通"的生活成为最感人的人性化生活。"采采芣苢"始终如一的重复音调包含着蔡女的坚贞、柔韧、纯净、专一。

船山《诗广传》说到这种专一：

> 静而专，坤之德也，阴礼也。阴礼成而天下作以成物。

---

[1] 鲁诗遗说见刘向《列女传·贞顺篇》："蔡人之妻者，宋人之女也。既嫁于蔡，而夫有恶疾，其母将改嫁之，女曰：'夫不幸，乃妾之不幸也，奈何去之？适人之道，壹与之醮，终身不改。不幸遇恶疾，不改其意。且夫采采芣苢之草，虽其臭恶，犹始于掇采之，终于怀撷之，浸以益亲，况于夫妇之道乎！彼无大故，又不遣妾，何以得去？'终不听其母，乃作《芣苢》之诗。君子曰：'宋女之意，甚贞而壹也。'"《文选》刘孝标《辨命论》李注引《韩诗薛君章句》："《芣苢》，伤夫有恶疾也。韩说曰：芣苢，泽泻也。芣苢，臭恶之菜。诗人伤其君子有恶疾，人道不通，求己不得，发愤而作，以事兴芣苢虽臭恶乎，我犹采采而不已者，以兴君子虽有恶疾，我犹守而不离去也"（参《诗三家义集疏》页47）。

故曰"《芣苢》,后妃之美也"。是故成天下之物者莫如专;静以处动,不丧其动,则物莫之有遗矣。芣苢,微物也;采之,细事也。采而詧(察)其有,掇其茎,捋其实,然后袺之;袺之余,然后襭之。目无旁营,心无遽获,专之至也。[1]

《周易·系辞传》:"夫乾,其静也专,其动也直,是以大生焉。"为什么王船山这里说"静而专,坤之德也"?答案很可能隐藏在坤之"用六,利永贞"之中。"永贞"是坤德中内涵的乾刚坚韧,是坤德所以能发用成物的保证。故坤卦《象》曰"用六永贞,以大终也",《象》曰"安贞之吉,应地无疆":贞静专一的永贞不变是善应万变、成就万物的包容力、承受力。

与《葛覃》和《卷耳》的"二"比起来(《葛覃》"合两姓之好"、《卷耳》涉及"采卷耳"与"怀人"二事等),《芣苢》的专一构成了"二"之为"女性生命原理"的前提,是使得"二"能成其为"二"的"一"。故《系辞传》云:"夫坤,其静也翕,其动也辟,是以广生焉":翕则一,辟则二。以《芣苢》之专一而开辟《葛覃》之远逸、《卷耳》之远怀,则风教之美尽矣,故毛序直以"美"称之。

虽然,芣苢之为物也,无论车前、马舄、泽泻、薏苡,无论有子无子,皆不免隐忧。鲁韩"伤夫有恶疾",忧自不必言;即

---

[1] 《船山全书》第三册,页305。

令毛序以苤苢为"宜怀妊"而采之，虽"乐有子"，亦不免担心，否则不必采之可矣。[1]在生命的不定和隐忧中坦然、坚定、单纯、快乐地一路走下去，小心翼翼地采摘、拾取、怀藏生命的种子，正是"含章可贞"的坤德。依于此德，生死相因、祸福相倚的人类生活落户于平坦坚实的大地之上，升起炊烟。

---

[1] 无论以苤苢为有益孕妇的药物，还是以之为有益孕妇和胎儿的祭祀用品，都体现了对妊娠和生产的担忧和祝福。

读《汉广》

自然之游与礼乐之止

  南有乔木，不可休息[1]。汉有游女，不可求思。汉之广矣，不可泳思。江之永矣，不可方思。
  翘翘错薪，言刈其楚。之子于归，言秣其马。汉之广矣，不可泳思。江之永矣，不可方思。
  翘翘错薪，言刈其蒌。之子于归。言秣其驹。汉之广矣，不可泳思。江之永矣，不可方思。

《汉广》《汝坟》两篇相连。在二南二十五篇中，这是仅有的两篇直接点明南国地名的诗篇。一者汉水，一者汝水，可能都是"文王之化"自北而南的通道。一言汉水之"广"，风教之大也；一言汝水之"防"（毛传"坟，大防也"），礼教之笃也。[2]而在

---

 [1] "不可休息"韩诗作"不可休思"。参《诗三家义集疏》页51。
 [2] 与《汉广》的推诸渺远而无情的"道家"倾向相比，《汝坟》的"伐

"汉"之"广大"中,则蕴含着"规则性的礼教"所无法简单涵括的东西,这可能正是三家诗的"郑交甫与游女"的故事或《韩诗外传》中孔子南游故事中有待深思的东西罢?在礼教之中无法释怀的情思,最后付诸"汉之广矣""江之永矣",推诸渺远,终归于无邪。

毛序以为"《汉广》,德广所及也。文王之道被于南国,美化行乎江汉之域,无思犯礼,求而不可得也",虽非游女之事,实与三家诗义并无二致。只不过,在鲁诗说的郑交甫遇神女故事(刘向《列仙传》所存)或《韩诗外传》的孔子遇佩璜处子的演绎中,《汉广》邈不可得的情愫通过叙事的方式得到了诗性的显示。《汉广》经文杳渺无尽,三家诗说的故事同样怅惘无穷。"发乎情,止乎礼":毛诗得之,三家亦得之;而毛诗无余,三家则有余。故于"汉之广"与"江之永","乔木"之高以及"错薪"之"翘翘",则毛似稍逊于三家。毛诗"据于德",三家则"游于艺"矣。游女知止,不妨其游,则近道矣。

《韩诗外传》孔子南游故事中的"处子之璜"既寓含了毛序的礼义(璜为礼器),又寓含了三家的无穷。[1]《释文》曰"半璧曰璜",则《关雎》"窈窕淑女,君子好逑"及"琴瑟友之""钟鼓乐之"者,完璧也;《汉广》"汉有游女,不可求思"及"汉之

其条枚""伐其条肄"显然是更为"儒家"的。或者说前者是"菩提本无树,明镜亦非台,本来无一物,何处惹尘埃",后者更像"身是菩提树,心如明镜台,时时勤拂拭,莫使惹尘埃"。

[1]《韩诗外传》卷一:"孔子南游适楚,至于阿谷之隧,有处子佩璜而浣者……""璜"旧作"瑱",据许维遹校。参见《韩诗外传集释》,页2。

广矣，不可泳思；江之永矣，不可方思"者，璧之半也。故《樛木》下曲而逮下，上下交泰，而《汉广》"乔木"之"上竦少阴""不可休息"，则孤高矣。玉有璧璜，人有离合。可求不可求，无非命也。故阮籍《咏怀》之二咏《汉广》游女，亦难免伤怀也。

虽然，《汉广》之情推诸渺远，极乔木之高、汉水之广、江水之永，则情亦无情矣。故交甫之游于汉水之滨、孔子之游于阿谷之隧，虽因"汉之游女，不可求思"而止于礼，而"游女"之"游"却正是为情思之超越提供出路的东西。如果说《汝坟》是一篇自防以伐欲的诗篇（"伐其条枚""伐其条肄"，自我克制），那么，《汉广》便是一篇疏导以至于无极的诗篇。所以，至于"之子于归，言秣其马"，当她嫁人的时候，为之祝福，则情之无私、成人之美，亦广大矣![1] 至于此句，则《汉广》游女之思终归于成人室家之好，则三家演绎"神仙无情游"之说，亦无非毛序"德广所及"之义也。孔子所谓"游于艺"终究是"据于德"的教化修行。

除了载以嫁人的马驹（而这恰非己有），《汉广》是一篇没有礼乐之具的诗。即使出现了船（"方"），也终究是不可用的（"不可方思"）。面对"汉之游女"，诗人无以自致，故"不可求思"。《关雎》之求淑女，有采荇之舟、琴瑟钟鼓之乐；《大明》文王之求太姒，有"造舟为梁"以"亲迎于渭"。而《汉广》之求游女则"不可泳思""不可方思"。《传》曰"潜行为泳"，无

---

[1] 一说"之子于归，言秣其马"是想象她嫁给自己的情形，殊不解《汉广》之广也！

147

舟而涉水，不可济也。即使有舟，亦不可方思。所以，《韩诗外传》演绎孔子南游故事，筋、琴、绤纮等礼乐之具对于"阿谷之处子"来说都是无所施用、形同虚设的。故事虽曰不经，而其取象则无非《汉广》原诗之意也。[1]

无论在《论语》还是在《庄子》中，孔子南游适楚一直与"儒道关系"或"礼乐与自然"的主题有关。《韩诗外传》之于《汉广》的演绎故事也发生在孔子南游适楚的途中。《汉广》的位置，可能正是礼法教化自北而南所触及的边界，所以《周南》第一次对南国地名的标示出现在这里。"汉"这个地名既标示了教化自北而南的通道（汉水），也标示了礼乐的广大自然背景。如果缺乏这个大背景的话，礼乐只是一套僵死的规矩罢了，无以区别于刑、法。子曰"礼云礼云，玉帛云乎哉？乐云乐云，钟鼓云乎哉"（《论语·阳货》），礼乐的广度不只是器具所能范围的。

关于诗教的广度，《论语》载："子谓伯鱼曰：女为《周南》《召南》矣乎？人而不为《周南》《召南》，其犹正墙面而立也与？"（《阳货》）正墙面而立是"走投无路"的逼仄空间，二南的学习则可以打开生命的空间，使之广大。在二南二十五篇中，《汉广》是唯一以空间的广大来命名的诗篇，也是空间幅度最大的一篇。《汉广》之"广"为礼乐诗教提供了浩大的自然背景。

---

[1] 关于《韩诗外传》所载孔子遇佩璜之女的更多分析，参拙文"道路与石头：海德格尔艺术作品的本源疏解"，见收拙著《在兹：错位中的天命发生》，上海书店出版社，2007年。

因广大而通达，因通达而明智，正是二南的诗教效果。《孔子诗论》所谓"《汉广》之知"，可能含有这个意思。《诗》多言情，情多蔽智（知），《汉广》之"广"则是打开知性空间的钥匙。在这个空间中，即使情之"不可"（"不可求思""不可泳思""不可方思"）亦不妨"知"之通达。这种明智通达很可能是"乐"所以"不淫"、"哀"所以"不伤"的原因，因为它为哀乐之情提供了广阔的余地。有余地就可以回旋徜徉，不至于过度执着、无法排遣。感情总是因为感于某事某物而起，所以有执着个别事物的特点，于是难免因为"不可"的遭遇而落入"正墙面而立"的逼仄境地。所以，古典诗教的感情熏陶并不像现代文学那样抵制知性，鼓吹感性至上和情绪放纵，而是恰恰要通过感情的熏陶来养成明智通达的知性。感情培养诗教之"温柔"，知性奠定诗教之"敦厚"。通过二南的学习来扩大感情的空间，为"温柔"带来"广度"和"厚度"，把"正墙面而立"的庸庸碌碌打开为明智通达的生活，正是诗教的任务。

正如陈明珠所见，《汉广》是一首"不可之歌"。[1]"汉之广矣，不可泳思；江之永矣，不可方思"，以其"不可"而尤见其广其永。《关雎》相逑之好，《桃夭》宜家之美，看上去似乎都是与《汉广》相反的东西，因为《关雎》《桃夭》可求，而《汉广》不可求。然而，《汉广》不但无怨，而且有一种美好恰与《关雎》《桃夭》相同。这是如何可能的，如果不是因为《关雎》

---

[1] 参陈明珠《古典诗教再思：〈诗经〉解读四篇》，见收拙编《诗经、诗教与中西古典诗学》，同济大学出版社，2016年。

《桃夭》之可求中同样回旋着某种"不可之歌"?

无论可求不可求,无论有否室家之好,"发乎情、止乎礼"中的"止","乐而不淫、哀而不伤"中的"不",都是一种"不可之歌"。"止乎礼"可以是知不可求而止其求,也可以是求而得之后止于"钟鼓乐之""百两将之"的礼乐之盛。不可求而止之,这是"止于礼";可求而乐之以礼、迎之以礼,这也是"止于礼"。"止"或"不可"的自我节制并不只是失恋的时候才需要,而是所有情感的工夫中最核心的因素。在这个意义上,"不可求"并不是"可求"的对立面,而是内在于所有"可求"之中,使"可"所以"可"的"不可"。

读《汝坟》

修道与复质

> 遵彼汝坟，伐其条枚。未见君子，惄如调饥。
> 遵彼汝坟，伐其条肄。既见君子，不我遐弃。
> 鲂鱼赪尾，王室如燬。虽则如燬，父母孔迩。

《汝坟》诗旨，三家从"大夫"一方出发，毛序从"妇人"一方出发，说的都是乱世如何出处、如何养亲和齐家的问题。《汝坟》的启示在于：无论个人出处，还是赡养父母、协和夫妇，都必须在一种更加广远的天下关怀中才能安顿。自身心以至于家国天下，无非道化之行。故《中庸》云"天命之谓性，率性之谓道，修道之谓教"。而《中庸》再三感喟忧虑者，正在"道之不行"。"道之不行"非谓世无"得道高人"，而是指"高人"太多（"知者过之"），愚人也太多，皆不得中道而行。中道就是常道，就是使得个人身心和家国天下都能各正性命的通衢达道。《汝坟》毛序云"道化行也"，亦此之谓也。具体展开，可以落实为《中庸》所谓"凡为天下国家之九经"。所谓"九经"就是九条大道,约而言之就是《大学》所谓身心家国天下的纲领条目。

《中庸》"九经"首在"修身",《大学》亦云"壹是皆以修身为本"。《汝坟》之义亦在修身。具体而言,《汝坟》的修身首先在修剪情欲。"惄如调饥""鲂鱼赪尾"的性隐喻,现代人往往津津乐道,好像古人不知道,到他们才解密了似的,真是可笑。[1]《诗经》是非常质朴的东西,只是它的质朴并非现代人类学和精神分析所能探知。《诗经》爱欲之炽烈非现代人所能想见,《诗经》道德礼义之贞烈亦非现代人所能想见。现代人不但在道德感上逊于古人,爱欲强度亦大为衰减。而且,这两者之间很可能有密切关联。所以,每当现代人通过"解密古人情欲"的方式来"拆毁古典道德"的时候,他们所展现的无非是自身情欲和道德的双重退化。

"遵彼汝坟,伐其条枚":情欲的生长和剪伐就像汝水的流行和遵道而行一样自然。并不是说生长是自然的,剪伐是不自然的;流行是自然的,遵行河道是不自然的。听任河水泛滥成灾、荆棘毁坏堤坝是自然吗(比较《墙有茨》之义)?不,这很做作,并不自然。这是刻意为了"自然"而"自然"(参考《庄子·刻意》),并不符合人性生活的自然。"天命之谓性、率性之谓道、修道之谓教":"天命""率性""修道"的整全生活方式才是自然。维建这种生活方式整体的努力便是六艺之教。所谓"兴于诗",诗教是其中的发端部分。

---

[1] 参《国风集说》页98。

《汝坟》之大夫虽当商纣乱世、天下无道，但为养亲之故，不择官而仕；其妻则年复一年伐薪汝坟，怅望夫君（郑笺以为"伐薪于汝水之侧，非妇人之事"，但如果夫君行役在外的话，便不难理解了）。与大夫之妻的勤于剪伐、率性修道形成对比的，是商纣王的荒淫无道。所谓"荒淫无道"：草木荒芜会遮掩山边道路，洪水泛滥也会淹没水边道路。所以，"遵彼汝坟，伐其条枚"都是修道之事。"遵彼汝坟"是土克水的功效，使水流于堤防中，不至于泛滥无道。"伐其条枚"是金克木的功效，使草木不至于荒芜，遮掩道路。《汝坟》之时，当政者荒淫无道，而汝南大夫"平治水土，过时不来"（鲁诗说），其妻则"遵彼汝坟，伐其条枚"，以望其夫。正是这些普通士人夫妇的培土治水、秉金修木维系着天下国家的道路。

于是，在天下国家的层面，因为主政者的荒淫无道、不修政教，导致夷夏之防、君臣之防、男女之防等各种大防的崩溃；而在周南大夫之家，则由于文王"道化之行"，虽大夫之妻犹知"遵彼汝坟"，严守大防，"伐其条枚"，节欲养性。所以，最后的结果是：纣王虽富有天下而不能保身家，而《汝坟》大夫之妻在多年守候、盼回夫君之后，却不谈儿女情长，而是告诫夫君虽"王室如燬"而"父母孔迩"。孟子云"得乎丘民为天子"（《尽心下》）。读《汝坟》，可以知周之所以王也。

纣王的荒淫不修导致"野有蔓草"，有过度芜杂的木象，于是生出"王室如燬"的火象（木生火）。周南大夫之妻（及其所反映的文王政教）的"伐其条枚""伐其条肄"则是金象，由之生出"鲂鱼赪尾"的水象（金生水）。商纣之世，文王"三分天下有其二而服事殷"(《论语·泰伯》),虽终将济乱而其时未允,故"王室如燬"累及万民,以至水中游鱼亦难免"劳则尾赤"(毛传)。等到武王伐纣的时候,《鲁颂·閟宫》所谓"居岐之阳,实始翦商"的漫长过程才开始提到刀刃上。而一旦"伐纣""翦商"成功,则会开始新的一轮由水滋养草木的过程(水生木)。

《书》云"贲若草木,兆民允殖"(《汤诰》)。水滋木长(水生木),以至于文明煌煌(木生火),自然是盛事。只不过如果少了土的堤防培固,则难免水气泛滥,少了金的剪伐修葺,则难免木气荒淫,以至于文蔽胜质,往而不返。所以,到周之末年,礼崩乐坏,孔子则修《春秋》以"黜周之文,复殷之质",思所以救之也。所以,无论文王教化、周公制礼,还是孔子作《春秋》之大义,皆可见之于《汝坟》之微旨也。

读《麟之趾》

"诗言志"的《春秋》之义

麟之趾，振振公子，于嗟麟兮。
麟之定，振振公姓，于嗟麟兮。
麟之角，振振公族，于嗟麟兮。

《周南》十一篇中，最后一篇《麟之趾》显然与中间的一篇《螽斯》主题相近，节奏亦相类。所以，前人多有并举。而在二南的整体结构中，《麟之趾》显然与《召南》的末篇《驺虞》有一种对应关系。这种对应关系不但表现在它们的位置上（分别为《周南》《召南》之终篇），也不只是因为它们各为二南的"首篇之应"，而且直接表现在它们的句法上。《麟之趾》每章结尾的"于嗟麟兮"之叹与《驺虞》每章结尾"于嗟乎驺虞"的感叹，几乎是同一篇诗的节奏。

如果我们考虑到虞人是狩猎之官（三家以"驺虞"为虞人，掌鸟兽之官），而《春秋》的结尾正好是"西狩获麟"且孔子因之而有三叹，那么，《麟之趾》的三次"麟之叹"与《驺虞》的两次"虞之叹"是否有某种特殊的意义关联，就非常值得深思了。近人高亨以为《麟之趾》是孔子"获麟之歌"还是有一定道理的，[1]虽然他对《春秋》获麟之意义的解说完全脱离了经学，带有明显的现代学术偏见。

毛传虽不以"驺虞"为虞人，而是解为"义兽"，但义配秋、主肃杀，与《麟之趾》的麟为"仁兽"配春主生，仍然形成了一种对比。所以，即使不联系到"西狩获麟"的春秋故事，《麟之趾》与《驺虞》仍然不乏某种春秋关联。在这一点上，我们又不妨联系到《麟之趾》前面的一篇《汝坟》。在对《汝坟》的"五行"解读中，我们已经发现"金气的修剪"对于"木气生长"的不可或缺的辅助作用。这种作用对于礼乐生活的维系来说是必不可少的。

根据毛诗，《麟之趾》为"《关雎》之应"，《驺虞》为"《鹊巢》之应"。《关雎》是婚嫁之诗，《麟之趾》是子孙之诗；《鹊巢》也是婚嫁之诗，《驺虞》却是狩猎之诗。子孙是生，狩猎却是杀。表面看来，二南首尾两篇的对应关系似乎出现了某种断裂。这种表面的断裂关系促使我们反思：儒家的"好生"是否只是像现代人误解的那样"纯属血缘延续的原始冲动"？

如果从《汝坟》的"金木关系"出发来思考二南首尾两篇的对应关系，我们会发现，在更深刻的意义上，这种对应关系的严密性远远超过其表面上的"对应断裂"。《麟之趾》子孙是生，故

---

[1]《国风集说》页107。

以"仁兽"比兴；《驺虞》狩猎是杀，故以"义兽"咏之。"秋""金""义""杀"之于"春""木""仁""生"的辅成意义，不但体现在《驺虞》虽杀而有礼体仁（"壹发五豝"），而且体现在《驺虞》之于《麟之趾》的对应关系上。这种对应关系的实际意义，可以表现为宗法制度的"强干弱枝"，也可以表现为政治制度上的"德主刑辅"。在教育上，它也可以表现为《学记》的"夏楚收威"之于"藏修息游"的意义。[1] 这些都表明儒家礼乐政治都是以自然的方式（基于阴阳关系的方式）把文明教化楔入自然。所谓"天人合一"就含有这方面的意思。

由此出发，我们才能发现《麟之趾》与《螽斯》的差别。对于这两篇的并举，人们的着眼点往往在于：两篇都涉及子孙主题。然而，两篇最大的区别在于：《螽斯》所叹所美的主体是螽斯与子孙的"振振兮"，"宜尔子孙，振振兮"；而《麟之趾》在咏完"振振公子"之后，却越过子孙，把叹美的对象落脚到"麟"，"振振公子，于嗟麟兮"。仿佛真正值得叹美的并不是子孙本身，而是用以比兴子孙的麟。所以，仔细阅读会发现：虽然两篇的主旨都涉及子孙，也都以动物比兴（一以螽斯比兴，一以麟比兴），然而《螽斯》咏螽斯毕竟是为了咏子孙，而《麟之趾》咏公子公姓公族却似乎反而是为了咏麟。"麟之趾，振振公子，于嗟麟兮"：从比兴之物起首（麟），然后赋陈所咏之物（公子、公姓、公族），最后却回到比兴之物（麟）。这个句法结构在诗三

---

[1]《礼记·学记》"夏楚二物，收其威也"，谓以教鞭惩罚；"君子之于学也，藏焉修焉，息焉游焉"，谓予以宽裕自由的空间。

百中并不平常,几乎是仅此一见。

这种不同寻常的句法是否提示我们:麟这种不同寻常的"仁兽"在《周南》最后一篇中的出现可能远不只是作为一种"比兴之物"而登场,而是蕴含着全部《周南》的春秋微言?《周南》十一篇,从一种鸟(雎鸠)开始,到一种兽(麟)结束。全部《周南》的第一个词"关关"是摹仿鸟的拟声词,最后一个字"兮"是叹美兽的语气词。鸟兽是《诗》之象,志之所托;声气是《诗》之情,性之所发。"关关雎鸠","于嗟麟兮":除却首尾两个声气词,雎鸠便是全部《周南》十一篇的第一个起兴之象,麟则是最后的志之所归。

根据毛诗和朱子集传,《周南》之志在于文王与后妃之化。化成什么?化成华夏,化成中国。在《春秋》的末尾,麒麟也是作为华夏中国的象征而出现。只不过它的出现"不合时宜",所以孔子"反袂拭面,涕沾袍"(《公羊传》哀公十四年传)。"于嗟麟兮"的三次感叹和《公羊传》"西狩获麟"的三叹把《诗》言志"与《春秋》之义联系到了一起。

《春秋》经文为什么用"获麟"之"获",而不用"来"或"有"?《谷梁传》有最精微的解释:"其不言来,不外麟于中国也。其不言有,不使麟不恒于中国也。"如果说"有麟"的话,似乎中国本来没有麟,到现在猎到一只,所以才"有"了似的;如果说"来麟"的话,似乎中国本来没有麟,到现在才"来"似的。没错,孔子清醒地看到,春秋时代的诸夏已经"礼崩乐坏",严重夷狄化,不再"中国";然而,恢复华夏的希望仍然寄托在这些诸夏故国的"其命维新"之上。所以,素王之志指向未来,

"垂诸后世",存中国礼义以为后世立法。所以,《公羊传》的结尾终究从孔子的三叹落脚到"君子三乐":"其诸君子乐道尧舜之道与?末不亦乐乎尧舜之知君子也?制《春秋》之义以俟后圣,以君子之为,亦有乐乎此也。"乐乎此道,为之不绝,则麟不外来,亦可恒有。"获"与"不获",存乎其人。子曰,"吾欲仁,斯仁至矣"(《论语·述而》)。[1]

而在"三叹"与"三乐"之间发生的,则是象征太平之世的麟在一个衰世的出现。这便是政治。完全的乱世没有政治,完全的太平世则无须政治。衰世从相对美好的过去衰落而来。从过去的回忆而来朝向未来,这便是衰世的政治。正是在《周南》的最后一篇《麟之趾》,毛诗说到"衰世":"虽衰世之公子皆信厚,如麟趾之时也。"在衰世一唱三叹"于嗟麟兮",是基于历史的面向未来。政治并不只是对现实事物的处理,而是自觉置身于历史和未来之间的现实理解和筹划。麟作为"仁兽"在"衰世政治"中的意义在于:只有"仁"才能感通过去、现在和未来。

麟便是这样一个能感通的整体性。《麟之趾》三章分别以麟之趾、定、角起兴,似乎隐含着过去、现在、未来的寓意。"趾"是过去:过、去都与脚有关(甚至英文 passed 亦如此)。"定"鲁诗作"颎",毛传"题也",都是额头的意思,最能代表一个人的"现前"。一个人现身在前,自然是看他的脸,以额头为代表。身份证件拍的都是脸面,不是脚,也不是额头以上的部分。比额头

---

[1] 关于获麟的更多相关思考,参拙文"年龄的临界",见收拙著《道学导论(外篇)》,前揭。

以上的部分还要向上的地方是"角"。人自然没有角，但人有志。志是尚未成为现实的未来筹划，在这一点上与虚构的"角"有可比性。未来正因为其尚未存在而具有无所不在的影响力和最全面的整合能力。所有现在规划的全部重量，连同现在对过去的理解和损益，全都压向未来。一切相互矛盾的东西，都有可能在未来化合，生成新的东西。麟为"仁兽"，又为"木之精"，[1]配春主生。首章"麟之趾"是震木，末章"麟之角"是巽木。从木之基到木之梢，《麟之趾》寄托了从过去而来面向未来的春秋之志。

由此出发，《麟之趾》"公子""公姓""公族"中的"公"字，可能并不是毫无意义的常辞套语。与《螽斯》的宜"尔"子孙相比，《麟之趾》的子孙是谁的子孙，值得思考。从《礼运》的"三代之英"开始，"天下为家"的礼法就是一种用"公义"来教化"家"的政教努力。为什么从"修身齐家"可以推扩至于"治国平天下"？那是因为身家本诸天命之性，而修齐正在于"复性"。由此，《麟之趾》在召南的对应篇《驺虞》的意义就非常明显了。强干弱枝的"修葺"对于宗法制度的"公"来说，起到了不可或缺的作用。也只有到这里，我们才能更加理解，《麟之趾》为什么是紧随《汝坟》的一篇，而且是《周南》的最后一篇。

---

[1]《诗含神雾》之说，参《诗三家义集疏》页63。

《召南》大义发微

读《鹊巢》

行地无疆的阴中之阳

> 维鹊有巢，维鸠居之。之子于归，百两御之。
> 维鹊有巢，维鸠方之。之子于归，百两将之。
> 维鹊有巢，维鸠盈之。之子于归，百两成之。

《鹊巢》是《召南》第一篇，与《周南》首篇《关雎》形成意味深长的对比。《关雎》"窈窕淑女，君子好逑"以及"寤寐求之""琴瑟友之"，是君子之求淑女，阳动而阴静；《鹊巢》"维鹊有巢，维鸠居之"及"之子于归，百两将之"，是淑女之归君子，阴动而阳静。故《鹊巢》是阴中之阳，或《易经》坤卦所谓"牝马地类，行地无疆"之象，与《关雎》的"幽闲贞专"一起构成全面的坤德。之子于归的百两大车奔驰于大地之上，正是坤卦"行地无疆"的不息之象。[1] 所

---

[1] 拙文"坤德与太空时代的大地概念"曾对此有分析，见收拙著《思想的起兴》，同济大学出版社，2007年。

以，如果说《诗》风多言妇德，那么，《鹊巢》则是妇德中刚健不息的一面，阴中之阳的一面。正如太极图所示，这一点阴中之阳虽然不大，只是一个小点，但却是点睛的一点，是阴阳鱼的眼睛。

长期以来，对于传统妇德，无论批判还是歌颂，往往都不自觉地建立在这样一个貌似不证自明的共识之上：传统妇德就只是顺从。阴就是阴，毫无阳性因素可言。这种虚假的共识不过是现代人对传统妇德的简单化的和刻意矮化的建构结果。在这种虚构的古典图景中，现代人不但无法获知乾坤阴阳大义的消息，甚至不再能理解一个普通的村妇，遑论《诗经》？

现代意识形态化的世界图景和人性理解不再是阴阳鱼式的"气化吊诡"结构（阴中有阳、阳中有阴的太极图就是典型的"气化吊诡"结构）[1]，而是黑白分明、非此即彼的标签化世界图景。在严重标签化的现代世界中，无论批判传统的"新人"还是鼓吹传统的现代"保守派"都陷入了一种极度贫乏的心灵状态和生活方式之中。

更为可怕而且可笑的是，这种贫乏的现代心灵和生活方式并不自知其可怜，而是在面对古典时充满了虚矫的自我确信。所谓现代学术尤其是"古典学"（毋宁叫"反古典学"）的建构过程，不过就是这种虚假的自我确证知识的生产过程。然而，无论这些关于古代的现代知识体系已经建构得多么完备，其知识权力体系

---

[1] 更多相关分析，参拙文"气化、吊诡与自由：《周易·系辞传》尚象制器章读解"，前揭。

已经多么发达、占有资源多么丰富，本质上都不过是像斯威夫特笔下的蜘蛛网一样，本来由尘埃和毒素编织而成，而且随时有可能破灭或被人遗弃在阴暗的角落。[1]

王夫之《诗广传》论《鹊巢》，也是在与《关雎》的对比中展开：

> 圣人达情以生文，君子修文以函情。琴瑟之友，钟鼓之乐，情之至也。百两之御，文之备也。善学《关雎》者，唯《鹊巢》乎？学以其文而不以其情也。故情为至，文次之，法为下。[2]

"情"是王夫之诗论的核心要点，为什么这里却说"学以其文而不以其情"？我们记得他在论《关雎》的时候，就是立足于"情"来讲的。《关雎》之所以为"王化之基"，正在于它是"情之至"。但在论《鹊巢》中，王夫之思考的是"学"的问题。"善学《关雎》者，唯《鹊巢》乎？学以其文而不以其情也。"

圣人之情天然合度，无非性也，实非可学而至者。现代人论诗动辄以情，与古人所谓情往往貌合神离。不知性而倡情，非能畅情，适足滥情、害情。学文习礼则循教而修道，修道而率性，率性而知天之所命。自卑登高，行远自迩，则虽天下至情至性，亦可至矣，岂不快哉！子曰"兴于诗，立于礼，成于乐"，说的正是诗教与礼教或"情教"与"文教"的关系问题。

现代诗学之失不在倡情，在不以诗为教。以诗为教，则"立

---

[1] 参刘小枫《古典学与古今之争》，华夏出版社，2015年，页97，"蜜蜂与蜘蛛的论战"。亦参拙著《生命的默化：当代社会的古典教育》，同济大学出版社，2017年，页191，"蜜蜂与蜘蛛：给古典书院学员的一封信"。
[2] 《船山全书》，页307。

于礼"的文教自在其中,"成于乐"的尽心知性知天之教亦在其中。如此,则"情深而文明,气盛而化神,和顺积中而英华发外,故乐不可以为伪"(《乐记》)。真情至性可直养而无妨,其发于外则沛然莫之能御,乐莫大焉,孰谓诗教禁欲、礼教杀人?

反之,不以诗为教,则情滥发而失养,无积于中而戾气发外,强词悲欢,自欺欺人,则流于伪矣。"情"者"实"也。有其中则有其实,有其实则有其情。唯正心得其中,诚意得其实,修身得其情。故《大学》云"自天子以至于庶人,壹是皆以修身为本",现代人诬之为禁欲窒情之教,实为养情复性之教也。

故船山论《鹊巢》最后总结说:

> 圣人尽心,而君子尽情。心统性情,而性为情节。自非圣人,不求尽于性,且或忧其荡,而况其尽情乎?虽然,君子之以节情者,文焉而已。文不足而后有法。……故善学《关雎》者,唯《鹊巢》乎?文以节情,而终不倚于法也。

《关雎》性情是所以教者,《鹊巢》礼文是所教者。通过可操作、可教学的文礼之教的节情,达到性之于情的制制和养育作用,便是《中庸》所谓"修道之谓教"的具体方法。只不过,如果文胜质、名失实、礼无其情,则文教之蔽、名教之失、礼教之伪就出来了。[1] 在这个时候,诗教的兴发志意、感物动情就具有无比重要的纠偏作用。这便是为什么《关雎》为周南之首乃至于《诗》之

---

[1] 此蔽至于《召南》倒第二篇《何彼襛矣》有所显现,而"唐棣""肃雍"皆讽谏"黜文反质"之义。

首,而《鹊巢》只不过是"善学《关雎》"的召南之首了。

诗大序论二南之别云:"《关雎》《麟趾》之化,王者之风,故系之周公。南,言化自北而南也。《鹊巢》《驺虞》之德,诸侯之风也,先王之所以教,故系之召公。"朱子《诗集传》申说此义云:"周公制礼作乐,于是取文王时诗分为二篇。其言文王之化者系之周公,以周公主内治故也。其言诸侯之国被文王之化者系之召公,以召公长诸侯故也。"

苏辙《诗集传》说得更清楚:

> 文王之风谓之周南召南何也?文王之法周也,所以为其国者属之周公,所以交于诸侯者属之召公。诗曰"昔先王受命,有如召公,日辟国百里",言其治外也。故凡诗言周之内治、由内而及外者,谓之周公之诗;其言诸侯被周之泽而渐于善者,谓之召公之诗。其风皆出于文王,而有内外之异。内得之深,外得之浅,故召南之诗不如周南之深。[1]

这是从内外深浅的角度来展开二南之别。圣王平天下,内圣而外王。内圣者,一心之灵明,纯阳健动者也,而自然有德有功。德者得也,功者成也,见之于外而形之于物,则属阴矣。外王之事"日辟国百里",正是"风行地上"的观卦之象,或坤卦所谓"行地无疆"之象。《鹊巢》虽咏嫁娶,但通篇只在路上。"维鹊有巢,维鸠居之":是在去有之、去居之的路上,故"百两御之""百两将之",乃至"百两成之"。《鹊巢》之成,非成于

---

[1] 苏辙《诗集传》卷一,文渊阁四库全书。

鹊巢，乃成于百两，这正是《易经》坤卦"行地无疆"之象。坤纯阴之卦而能"行地无疆"者，以"用六利永贞"也。坤体静而用阳，犹《鹊巢》体有巢而用百两。"用六利永贞"即坤的阴中之阳，犹百两之迎送为《鹊巢》的静中之动。如果没有阴中之阳，没有"利永贞"的"行地无疆"，"日辟国百里"的外王何以区别于霸道？又何以谓之王？"之子于归"，归往何处？岂非君子之鹊巢？读《鹊巢》，可以知外王事业之所往归矣。

读《采蘩》之一

气臭之信与居敬之象

于以采蘩？于沼于沚。于以用之？公侯之事。
于以采蘩？于涧之中。于以用之？公侯之宫。
被之僮僮，夙夜在公。被之祁祁，薄言还归。

采蘩以助祭，今古文无异义。而微贱野菜如蘩，何以有助于公宫祭事之大？或以蘩之气臭也。蘩，诸家皆以为蒿属，是一种香气强烈的野菜。香气直入心脾，感发诚敬，肃雍显相，穆如清风，故能感格神灵。"祭如在，祭神如神在"：臭味不可见，仿佛不存在，而其感动心灵又非常直接，"非外铄我也"。故《郊特牲》云："至敬不飨味而贵气臭也。"气臭至，则人神之信已达矣。至于音容笑貌，则气之感形而已。"神迹"则犹渣滓矣。

"涧溪沼沚之毛，蘋蘩蕰藻之菜"而"可荐于鬼神，可羞于王公"者，以其"有明信"也，可以"昭忠信"也（《左传》隐公三年传）。信者，有应之谓也。感而通之故有应，有应故有信。气臭可以通窍，可以感应，故虽微贱如蘩，可以达信人神，"可荐于鬼神，可羞于王公"。

二气相感则有象，故《易》称"两仪"。仪者有象之谓也，于《采蘩》则见诸"被之僮僮""被之祁祁"也。宋儒王质《诗总闻》云："'在公'，执公事之时，故竦敬。'僮僮'，竦敬也。'还归'，归私室之时，故舒迟。'祁祁'，舒迟也。大率公事毕则私乐继之，此所以相济而为和，且能久也。"[1]序云"《采蘩》，夫人不失职"。所以不失者，非仅"僮僮"之悚敬也，亦以"祁祁"之舒迟也。一张一弛，和气养于中，故居敬不穷，守职不渝。《葛覃》之黄鸟，《羔羊》之委蛇，皆此义也。

和气的发生须在一个居敬的空间，使二气之相感从容氤氲，生化成象，不至于相刃相靡、相互侵夺。由于"居敬"是一种时间性的工夫修持，所以，"居敬的空间"毋宁说是"居敬的时间"。在其中，有敬事之前的预备，也有敬事之后的淹留。人职之所以不失者以此。故王夫之《诗广传》云："'被之僮僮，夙夜在公'，敬之豫也；'被之祁祁，薄言还归'，敬之留也。先事而豫之，事已而留之，然后当其事而不匮矣：乃可以奉祭祀，交鬼神，而人职不失。过墟墓而生哀，入宗庙而生敬，临介胄而致

---

〔1〕 王质《诗总闻》卷一，文渊阁四库全书。

武,方宴享而起和。"[1]清代《御纂诗义折中》亦云:"'被之僮僮',其人竦直可知也,是未祭而敬先积也;'被之祁祁',其人安妥可知也,是既祭而敬犹留也。未祭而积之,既祭而留之,则当祭之时,其敬可想矣。"[2]

"敬之豫"或"敬之先积"即祭祀前的斋戒,《礼记·祭义》所谓"斋三日乃见其所为斋者",其极则夫子所谓"丘之祷久矣"(《论语·述而》)。"敬之留"则"出门如见大宾,使民如承大祭"(《论语·颜渊》),"当其事而不匮"则"毋不敬"也(《礼记·曲礼》)。所谓"居敬",居者间也,有"豫"有"留"之谓也。此义或通胡塞尔所谓 Horizont(境域)或海德格尔所谓 Welt(世界)、Zeit-Raum(时间-空间)、Zwischen(之间)之义。[3]《中庸》云"鬼神之为德,其盛矣乎!……使天下之人齐明盛服,以承祭祀,洋洋乎如在其上,如在其左右",未尝有其"实体",不过上下左右之"间性"也。居敬者,居于此间也。如在者,如在此间也。

《祭义》载祭祀之时,"僾然必有见乎其位",孔颖达《正义》解为"祭如在"之义,以为"孝子当想象僾僾髣髴见也"。髣髴(即"仿佛")二字皆与头发有关。[4]"被之僮僮""被之祁祁"也都是写的发髻(或假发头饰)。祭祀之敬不写神情肃穆、

---

[1] 《船山全书》第三册,页308-309。
[2] 乾隆《御纂诗义折中》卷二,文渊阁四库全书。
[3] 更多相关分析可参拙著《时间、存在与精神》,商务印书馆,2019年。
[4] 更多相关分析可参拙文《鸢飞鱼跃与鬼神的如在》,见收拙著《在兹:错位中的天命发生》,上海书店出版社,2007年。

礼器森严，而写"被之僮僮""被之祁祁"：仿佛祭祀之时，至诚所感已无所见，惟有头上三尺神灵。先人已逝，音容不再，而祭者之诚令人髣髴见之。发髻是一身中最高的部位，最近神灵。假髻更是如在之物，戴之则有，取之则无。故《中庸》云："诚之者，人之道也。"

读《采蘩》之二

坤德助成

"于以采蘩？于沼于沚。于以用之？公侯之事。于以采蘩？于涧之中。于以用之？公侯之宫。"前两章连续四个由"于以"带起的问句，直接对置了山野与庙堂。最后一章连续两个"被之"，则直接联系了夫人之饰与公侯之事。

如果说《周南》第二篇《葛覃》是"合两姓之好"的基本取象（"葛之覃兮，施于中谷"），那么《召南》第二篇《采蘩》则甚而进展到夫人助祭对于沟通山野与庙堂的意义。《易》云："乾知大始，坤作成物。"采蘩助祭事虽微细，不载于礼经，但在当时起到的辅成作用可能不小。越是敏感的仁通德能，越需要通过精微的祭祀礼仪训练才能达到，而越是精微的训练越，需要简单质朴的方式才能做好，这便是采蘩助祭之于盛大祭祀的意义。

"于沼于沚""于涧之中""被之僮僮"是现代人认为《诗经》还有价值的地方；"公侯之事""公侯之宫""夙夜在公"是

孔子之后的"儒家"致力于发明经义的地方。但《诗经》的意义既不单纯在现代人喜欢的山野和女人一面，也不仅仅在于"儒家"所谓公侯庙堂一面，而是在于两者之间的原初统一性。孔子诗学的视野即在此原初统一性。

蘩者，至微之物，而用于公侯祭祀之大事。礼经无载，惟见于《诗》。妇人曾经以微细而亲切的方式参与礼乐生活，礼经正史不传，而赖《诗》存。借由《诗经》，我们可以更全面而具体地想象礼乐生活的日常情境。礼经所载牺牲、玉器、币帛等盛大的礼仪自然是礼乐生活的主体，但《采蘩》《采蘋》之类却构成了不可见的背景。不可见一面之于可见一面的承载、支撑，是《诗》之于《礼》《春秋》的独特意义。六经之中，惟《诗》篇主角多为女人，其义犹《易》之不能无坤也。

《诗》多妇人采摘之事。第一篇《关雎》就出现了荇菜的采摘，随后在《周南》就有葛、卷耳、芣苢的采摘，然后就是《召南》的采蘩、采蘋。相比之下，涉及禽兽狩猎者，在二南中只有两篇：《周南》之《兔罝》，《召南》之《驺虞》。采摘是最少人为的直接收获，也是最少借助工具的直接用手指接触草木的劳动。

在各种祭祀用品中，禽兽牺牲要通过弓箭、网罟等工具打猎获取，金玉丝帛等礼器要通过铸造、打磨、纺织等复杂工艺制作，即使出自农作物的粢盛也是一系列农业生产程序之后的产品。而荇菜、蘋、蘩则不过是采摘之物，最简单直接自然。这一类祭品完全来自女性的采摘劳动。六经中，几乎只有《诗经》大量描写这类劳动及其在古代生活中的意义。

关于二南中出现过的这几样由妇女采摘的助祭之物及其相关政教涵义，古代注家曾有富于启发的思考。宋儒王质发现"祭祀之菹少用陆菜，多用水蔬。陆菜非粪壤不能腴茂，而水草则托根于水，至洁。故馈食多用陆，祭食多用水。"[1]这种说法很有意思，我们甚至可以从中找到《红楼梦》中著名的"男泥女水说"的源头。

《毛诗李黄集解》引王安石说，虽批评其穿凿，但亦存录，或有可取：

> 王氏之说，以为荇之为物，其下出乎水、其上出乎水，由法度之中而法度之所不能制，以喻后妃也；蘋之为物，能出乎水上而不能出乎水下，藻之为物能出乎水下而不能出乎水上，制于法度而不该其本末，以喻大夫之妻也。至于蘩，则非制乎水而有制节之道，以喻夫人也。"于沼于沚""于涧之中"，则可以为河洲之类，而皆未及乎河洲之大。盖谓夫人之诗，则言采蘩于沼沚之中，后妃之诗则言采荇于河之洲，必有高下之辨。是数者，皆穿凿之学也。[2]

孔子所谓"起予者商也，始可与言《诗》已矣"，孟子所谓读《诗》当"以意逆志"，皆以《诗经》为开放的文本，有待后世读者结合时代问题意识和个人生命感受重新打开，发明经义。王安石此说比较了二南中的几种水生采摘祭品，从其各自生长形态和采摘环境联系到采摘人的立法地位，于诗教之义不无启发。

---

[1] 王质《诗总闻》卷一，文渊阁四库全书。
[2] 李樗、黄櫄《毛诗李黄集解》卷三，文渊阁四库全书。

在这一点上，陆佃的解读思路与之相似："《采蘩》先言'于沼于沚'，后言'于涧之中'，言夫人于事有进而无退。《采蘋》言涧在前，《采蘩》言涧在后，夫人嫌于事不勤，大夫妻嫌于德不劭也。"[1]

一说采蘩不一定供祭祀用，而可能与蚕事有关。"公宫"则公蚕之所也。此说虽不同，亦与古代妇女劳动有密切关系。《尔雅·释草》以蘩为皤蒿，而未及其用途。《豳风·七月》"春日迟迟，采蘩祁祁"，毛传云"蘩，白蒿也，所以生蚕"。陆佃根据江南蚕事经验，解释得更清楚："农功有早晚，蚕事有先后。故言求桑于前，以箸蚕之早者；采蘩于后，以箸蚕之晚者。今覆蚕种，尚用蒿云。"[2]何楷《诗经世本古义》引徐光启，亦主此说："徐光启云，蚕之未出者，鬻蘩沃之，则易出。今养蚕者皆然。故毛传云'所以生蚕'。"[3]方玉润受到陆佃的启发，亦主《采蘩》为夫人亲蚕之事。[4]

如此，则《召南》第二篇《采蘩》亦可与《周南》第二篇《葛覃》相比较。《葛覃》采葛为絺绤，《采蘩》供蚕事，亦女工之重者。且据陆佃、方玉润，蘩为助蚕之物，帮助蚕卵孵化，不像桑叶那样是蚕的直接食物。无论"助祭"还是"助蚕"，都体现了坤德之为助成的德性。而且，亲蚕也是亲耕的辅助，乃至所有祭祀活动本就是日常生活的辅助（即"未知生，焉知死"之

---

[1] 陆佃《埤雅》卷十五，文渊阁四库全书。
[2] 同上。
[3] 何楷《诗经世本古义》卷一，文渊阁四库全书。
[4] 《诗经原始》页96–97。

义)。在这个意义上,《采蘩》的"助成"之义对于全部《诗经》来说就有着无与伦比的涵义,因为读《诗》本就是体知生活的辅助、理解世界的辅助。理解世界,体察人性,维建礼乐,移风易俗:这便是诗教之于日常生活建设的具体内容。子曰"兴于诗,立于礼,成于乐"(《论语·泰伯》),此之谓也。

读《草虫》

能感、能降、能群

　　喓喓草虫，趯趯阜螽。未见君子，忧心忡忡。亦既见止，亦既觏止，我心则降。
　　陟彼南山，言采其蕨。未见君子，忧心惙惙。亦既见止，亦既觏止，我心则说。
　　陟彼南山，言采其薇。未见君子，我心伤悲。亦既见止，亦既觏止，我心则夷。

　　《草虫》感情的直白和强烈，使它成为现代人最喜欢的诗篇之一。然而，这种喜爱深具反讽意味。正是在对激情的颂扬中，现代人丧失了激情。对于现代人来说，《草虫》感情的深挚强度已经成为一种传说。为什么会发生如此反讽性的变化？因为现代《诗》解强调《草虫》这类诗篇说的不过是男女相思相见，但放弃了进一步思考男女相思相见的根源。
　　情失其源，则其流不远，以至于干涸，只有借助毒品才能使人重新"充满激情",这恐怕是现代早期的激情鼓吹者始料未及的结果。现代人在一味争取爱的权利时,忘记了爱首先是一种能力。当爱的权利得到保障时,爱的能力却已丧失。当他们重新面对《草虫》这类诗篇的时候才猛然发现,原先备受批判的古典诗经解读远不只是所谓"强加于爱情之上的道德化解读",而是深入感情源头的本源之思,以及对爱之能力的深层教养和培护。

古人深深了解男女之情的根源所在,所以从男女出发,谈及《草虫》的夫妇之情与礼(毛诗之礼、朱传之情)、君民之情与义(鲁诗、《左传》及《诗经原始》的君臣之义),至情至性,天道人事,流行无碍。这便是诗教:因情设教,从人情自然出发建设社会伦理、国家生活。相反,现代诗解貌似颂扬男女爱情,反对礼教,鄙弃天道,实际降低了人类爱情之于人类生活的建设意义,也减弱了爱情体验的深度和强度。所以,毫不奇怪的是,伴随着现代人对爱情的颂扬,现代爱情、婚姻和家庭生活反倒日益淡薄。而且,与之相应,伴随着人道主义的日益流行和公民社会的完善,公司、社会和国家领域的人际关系反而也变得越来越淡漠。

王夫之《诗广传》论《草虫》云:

> 君子之心,有与天地同情者,有与禽鱼草木同情者,有与女子小人同情者,有与道同情者,唯君子悉知之。悉知之则辨用之,辨用之尤必裁成之,是以取天下之情而宅天下之正,故君子之用密矣。[1]

---

[1]《船山全书》第三册,页310。

"喓喓草虫，趯趯阜螽"：物类相感在同与不同之间。完全不同则风马牛不相及，完全相同则难以相互吸引，甚至相互排斥。陆佃《埤雅》辨草虫阜螽云："《尔雅》曰'阜螽，蠜；草虫，负蠜'，盖草虫鸣，阜螽跃而从之，故阜螽曰蠜，草虫谓之负蠜也。"[1]故郑笺云："草虫鸣，阜螽跃而从之，异种同类，犹男女嘉时以礼相求呼。"[2]之二虫一在草间，一在阜上，同又不同，故能相感。男女一在外，一处内，一阳一阴，同又不同，故能相感。天下之动至赜而莫不贞夫一，君子之心纯一而能遍体万物，故能与万物同其情而各复其性。

草虫和阜螽的关系非惟见于首章之起兴，而且贯穿始终。后两章虽不闻虫鸣，惟见登山采蕨采薇，而俯仰之间，犹在草、阜之间耳。"陟彼南山"是阜上之仰观，"采蕨""采薇"是草间之俯察。登于阜上而俯身采草，俯仰之间犹草虫阜螽相感之意也。故《左传》载子展赋《草虫》，赵孟谓"在上不忘降"也。能登高仰观而俯身草野，鸣草虫而趯阜螽，则可为"民之主"也（《左传》襄公二十七年传）。"民之主"并不是人民选举的意见领袖，而是"能群"的君子。在选举中胜出的意见领袖可能是杰出人物，也可能是僭主；可能是为民造福的英雄，也可能是巧言令色的刁民代表。能群的君子则是能让人民"见止""觏止""心悦""心夷"的能群之人。

《草虫》全篇要点有三：其一相感，"喓喓草虫，趯趯阜螽"；其

---

[1] 陆佃《埤雅》卷一，文渊阁四库全书。
[2]《毛诗正义》，页82。

二升降,"陟彼南山,言采其薇";其三相见,"未见君子,我心伤悲。亦既见止,亦即觏止,我心则夷"。贯穿三点的则是"君子"。君子能感、能升降、能令人相见。孔子谓诗"可以群"(《论语·阳货》),董仲舒云"君者群也"(《春秋繁露·深察名号》)。君子是能令人相见而发生人性公共生活的人,是能让人民在相见中有进退揖让的节度而过着礼乐生活的人。庄有可《诗蕴》论《召南》云:"'召'之为'感'何也?诗曰:'无言不雠,无德不报。'召,无有不应者也。《召南》也者,圣人南面而听天下,万物皆相见也。"[1]可见《草虫》集中体现了《召南》的政治哲学意蕴。

《草虫》的政治哲学仍有强烈的当代批判意义。民主政治的本来意义在于建立人性相感的公共生活,而公共生活的建立有赖于那些下降到人群中去的君子。升降、相感、相见,《草虫》的三个要点对于人类政治生活的维建来说缺一不可。然而,当代民主实践的异化形式越来越堕落为党团、族群、个人利益和权利的角逐,丧失了"令人相见"的公共性,非常令人遗憾。孟子曾经对梁惠王讲的话,今天同样应该对现代主权者"人民"讲:人民啊,你何必言利,亦有仁义而已矣!

鲁诗说深察《草虫》之志,完全行走在人类政治生活何以可能的问题深处。鲁诗家刘向《说苑》载孔子对鲁哀公说:"恶恶道不能甚,则其好善道亦不能甚。好善道不能甚,则百姓之亲之也亦不能甚。诗云'未见君子,忧心惙惙。亦既见止,亦既觏止,我心

---

[1] 庄有可《诗蕴》,王光辉点校,见刊拙编《诗经、诗教与中西古典诗学》,同济大学出版社,2016年,页3。

则说',诗之好善道之甚也如此。"(刘向《说苑》卷一)

善恶之所以谓"道",以其能以类相感也。善善相感则政治,恶恶相感则政乱。草虫相感是物类繁衍的基础,夫妇相亲是家庭生活的前提,君民相感而"能群"是政治所以可能的条件。所以,对于汉代诗经学来说,从《草虫》读出人类生活的深远关怀,这是像"草虫鸣,阜螽跃而从之"一样自然感发的思想,而不是像现代人臆想的那样"把政治伦理道德的含义强加于自然事物和男女爱情之上"。

能感的关键在下降,《易经》咸、泰之义也,可于"陟彼南山,言采其薇"见之。蕨、薇至微,而能登高俯采,"在上不忘降"之象也。《采蘩》《采蘋》皆在水滨,而《草虫》采蕨采薇则在山上。比之周南,我们也可以看到从《关雎》的河洲采荇到《卷耳》登山的变化。"在上不忘降",故感人尤深。咸卦之义,能降则能感,不能降则不感。不感则否隔不通,不能相见。能群的关键在相见而心降。眼与心都是离卦之象。《易经·说卦传》云:"帝出乎震,齐乎巽,相见乎离……"帝道是人类公共政治生活的原初自然形式,不是后世僭称的"专制帝王"之义。

"帝相见乎离":事物相见,廓然大公,文明开化,政治生活才得以开显。"离"就是相互关联(附丽)和相见(太阳、眼睛)。"文明"就是事物相见、相参而形成的条理、秩序、制度、文化。"礼"就是相见的节度:士相见礼、聘礼、觐礼、燕礼、乡饮酒礼、冠礼、婚礼、射礼、丧礼……无不含有人物相见、进退揖让的节度。在礼中,人与人相见,人与物相见,乃至物与物也方始相互敞开,从而成其为物。《中庸》云"不诚无物"。诚者，礼之心也；物者，礼之具也；礼者，人之天也，天之人也，天命人之性而人修道之教也。

所以，《草虫》以其言情之深，可知人类文明之本。情愈深，则及物愈切，喻道愈根本。当然，同时，情愈深，及物愈切，蔽道也愈痼弊。喻道蔽道不在《草虫》之诗，在读者之用心。故船山云："悉知其情而皆有以裁用之，大以体天地之化，微以备禽鱼草木之几，而况《草虫》之忧乐乎？故即《草虫》以为道，与夫废《草虫》而后为道者，两不为也。"[1]

即情为道、废情求道，皆非正道。男女相思之情、相见之欲的根源，在于万物气化，各从其类，感而遂通。"喓喓草虫，趯趯阜螽"：草虫与阜螽同又不同。正如"维鹊有巢，维鸠居之"，鹊与鸠同又不同。君子与民同又不同。相比之下，关关雎鸠、呦呦鹿鸣则是更加纯一的同类。所以，召南之气略杂于周南、小雅，而能"日辟国百里"（《大雅·召旻》："昔先王受命，有如召公，日辟国百里。"）。如何在较大范围的政治中"好善道"，可能是召南之诗尤其是《草虫》篇向后世读者提出的永恒问题。

---

[1]《船山全书》第三册，页310-311。

读《采蘋》

文质相复的诗教

　　于以采蘋？南涧之滨。于以采藻？于彼行潦。
　　于以盛之？维筐及筥。于以湘之？维锜及釜。
　　于以奠之？宗室牖下。谁其尸之？有齐季女。

　　毛序以为大夫妻能循法度，是嫁后之事；而毛传末章引《昏义》，以为"古之将嫁女者，必先礼之于宗室，牲用鱼，芼之以蘋藻"。从后者出来，又有主张此诗都是说出嫁前之事（如牟庭《诗切》、方玉润《诗经原始》）。或以为出嫁后追述出嫁前所受教育，皆无妨也。无论如何，都不妨碍采蘋"循法度"之义，故《射义》《乡饮酒礼》都以采蘋为能循修法度。
　　采蘋之法度循道可见于南涧之滨、行潦。采蘋的法度是道的法度，不止见于采、盛、烹、奠的顺序，尤见于阴阳之和合。阴阳和合在此尤见于水火之间的关系。采蘋的过程就是用火来烹熟水物的过程，就是通过火的文明礼化来把山野之物奠之于庙堂的过程，也就是女人通过祭礼和婚礼成长为人妇的过程。所以，采蘋是一个教化的过程。通篇的问答体也体现了这个过程。采蘋可能是《诗》三百中最突出的一篇通体问答的诗篇。《采蘩》虽句式大类《采蘋》，而末章变之。其他很多篇目都不乏问答，但象《采蘋》这样以问答贯通终始，还是不寻常的。

《采蘋》和《汝坟》一样，都是五行具备的诗篇：水见于行潦、涧滨及蘋、藻水草，火见于烹煮（"湘"），木见于蘋、藻及筐、筥，金见于锜、釜，土见于"宗室牖下"，亦见于行潦、涧滨。在这个意义上，《采蘋》之于《召南》的意义可能相当于《汝坟》之与《周南》的意义。关于后者，我们在《周南》部分已颇多致意。二者区别在于：《汝坟》就金木关系（"伐其条枚"）和水土关系（河堤防水）出发，意在别离防闲，是礼之严、义之肃；而《采蘋》就水木关系（水草生于水滨）和水火关系（烹煮调和）出发，意在和合生物，是仁之生。皆为五行具备之诗而一礼一仁、一奇（婚后独守）一偶（将嫁成双），二南所以相成也。

《仪礼》乡饮酒礼、射礼、燕礼皆以《周南》之《关雎》《葛覃》《卷耳》三篇对应《召南》之《鹊巢》《采蘩》《采蘋》三篇。无论这一记载是否涉及召南篇次问题（王应麟、陈乔枞尝论之），都不妨碍我们根据《仪礼》的记载思考二南这几篇之间的对应关系。郑注据毛诗解释了这个对应关系（虽然毛诗的篇次与之不合）："《关雎》言后妃之德，《葛覃》言后妃之职，《卷耳》言后妃之志；《鹊巢》言国君夫人之德，《采蘩》言国君夫人不失职，《采蘋》言卿大夫之妻能循其法度。"可见"循法度"

与"志"有一种对应关系。《卷耳》之"周行",《采蘋》之"南涧""行潦",皆有"志于道"之象。《采蘋》"宗室牖下"的祭祀更是世代时间意义上的道(《昏义》"上以事宗庙而下以继后世"),婚姻礼法则是这条道的"修道之谓教"。无论婚前婚后,能修此教的爱情才是道情(向道之情)。

婚姻在古典礼法中不只是两个人之间的私情,也不只是现代法律意义上的契约关系,而是天地大化流行落实于人道的体现。《易》云:"有天地然后有万物,有万物然后有男女,有男女然后有夫妇,有夫妇然后有父子,有父子然后有君臣,有君臣然后有上下,有上下然后礼义有所错。"故婚姻之大,非惟人道之事,且事关天地化育,是天道之事。人礼本乎天道,而天地生人通过男女。所以,男女结合的礼,决定了人类所有其他社会关系的礼。故《昏义》云:"男女有别而后夫妇有义,夫妇有义而后父子有亲,父子有亲而后君臣有正,故曰:昏礼者,礼之本也。"

"宗室牖下"的祭祀是为"礼之本"做准备的祭祀,而采蘋则是为"宗室牖下"的祭祀做准备的采摘。从"南涧之滨"到"行潦",再到"宗室牖下","有齐季女"从山野走向道路(这条路可能也将是出嫁的马车要走的道路),走向一个宗室(婚前在娘家宗室受教及祭祀)和另一个宗室("合二姓之好")。"牖下"的位置更通天气,可以遥望采蘋的南涧之滨和采藻的行潦。

相对于《采蘩》而言,《采蘋》不再是助祭,而是主祭("谁其尸之,有齐季女"),只不过这场祭祀本身是一种"宗室牖下"的辅助性祭祀。《采蘩》的快速问答切换已经对置了山野和庙堂("于以采蘩?于沼于沚;于以用之?公侯之事"),但没有明言自下而上的通道。这条通道有赖《采蘋》的提示。《仪礼》歌《召南》,以《鹊巢》《采蘩》《采蘋》三篇同奏,可能是《召南》原有篇次的提示(曹粹中、王应麟、陈乔枞等主此说)。即使不一定如此,也肯定反映了这两篇在义理上的关联。"牖"的上下通气和"行"的远近通达,提示了祭礼之为通天人、婚礼之为合两姓的共同义理基础:仁性感通。

蘩、蘋与藻皆山野水物,"公侯之宫"与"宗室"都是文明礼乐之所。文明是离卦,必须有火来煮熟水物,才能气化出文明之象。如《尚书·皋陶谟》叙大禹治水之于文明的推动点之一便在于从"鲜食"到"粒食"。《采蘩》从山野到文明的过程没有明言,其中省略的环节在《采蘋》中得到补足:"于以盛之?维筐及筥。于以湘之?维锜及釜。"位处中间的这一章用竹木器具和金属器具构建了从山野到文明的通道。中文俗语以"东西"指物品,尤指器具,可能是因为东属木、西属金,金木有形,可以为器。相比之下,水(配北方)火(配南方)都是不定形的。所以,从"水"或原初的自然("天一生水")到"火"或文明,中间必须经过"东西"器具的有形化过程。在"东西"中,"南北"才能相遇,气化成象。

同时,气化之象无穷,永远不局限于"东西"的范型,而能逸出于器具之外。在这个意义上,《采蘋》既是走向文明之歌,也是复归自然之歌。牖下的祭祀即在宗室之侧,也连通窗外的山涧行潦。这个传统一直到宋代郭熙给皇宫及省部级官府所绘山水屏壁都有体现。正如黄庭坚诗所云"郭熙官画但荒远,短纸曲折开秋晚":那并不是一些富丽堂皇的画,而是荒远的山水,但却画在官府办公的场所。这些屏风照壁上的荒远山水时时刻刻在提醒出仕的读书人,虽进于礼乐而勿忘文明的根基犹在山野。与先秦礼仪中的《采蘩》《采蘋》之节一样,画道也从属于文质相复的诗教。[1]

---

[1] 参拙文"易象与模仿:通过画道来思古今关系与现代性历史概念",见收拙著《道学导论(外篇)》,华东师范大学出版社,2010年。

读《甘棠》

圣道之几

> 蔽芾甘棠，勿翦勿伐，召伯所茇。
> 蔽芾甘棠，勿翦勿败，召伯所憩。
> 蔽芾甘棠，勿翦勿拜，召伯所说。

《甘棠》美召公，诸家无异义，虽然在一些历史细节上仍然不乏争论。二南之风，无论以之为王风之化自北而南而分系周召，还是以之为周公之化与召公之化，总之皆为圣贤之正风。然而，在二南二十五篇中，唯一直接提到圣贤名号的却只有《甘棠》。文王、周公都没有在二南中直接出场。召公也只有在《召南》中的一篇才出现，这一篇就是《甘棠》。

然而，正是在这篇直接提到"大人物"的诗中，其所歌咏感思的却只是一颗小小的树。"蔽芾甘棠"之"蔽芾"，毛传解为"小貌"，与《尔雅·释诂》"蔽，微也"、《说文》"蔽蔽，小草也"相合，却与现代读者的通常感觉大为相悖。在现代读者的预期中，对一位大领导的感恩似乎应该是高大上的歌功颂德。就算是借物比兴，也得是一棵根深叶茂的大树才对。随便翻开一本白话文《诗经》译注，都可以见到这种不假思索的现代理解。这不只是字义训诂上的古今区别，而且反映了古人和今人对于什么是感恩、什么是大小的不同理解。

《甘棠》所咏只是一棵小树，并不是与召公大德相称的大树。但正是这棵树的"小貌"更加真实地象征了召公之德何以大、人民感恩之情何以切。召公大德并不是以一种大张旗鼓的方式表演出来的政治作秀，而是一种润物细无声的下沉式办公、唯恐打扰人民的公共服务。与之相应，人民的感恩也不是假大空的歌功颂德，而是睹物思人的真切感怀。这种睹物思人的感怀在后世诗文中代有传承，比如苏东坡《江城子》中的松树，归有光《项脊轩志》中的枇杷树，都是《甘棠》小树的遗响。[1]

甘棠之小，小到可以刀剪斧伐，乃至可以徒手折断（败）或拔除（拜）。这是一棵随时可能被毁伤的小树。甚至甘棠之实也是小小的果子，并不是鸭梨那样的大果，甚至比海棠还小。[2] 召公于树下办公和憩息的草舍（茇）之小，亦不如宫殿之坚固宏伟。然而，在地上留存的宫殿早就在人心中抹除，而在召公离去不久就被雨打风吹去的草舍却永远留在世世代代的

---

〔1〕 苏轼《江城子·乙卯正月二十日夜记梦》结句："明月夜，短松冈。"归有光《项脊轩志》结句："庭有枇杷树，吾妻死之年所手植也，今已亭亭如盖矣。"

〔2〕 毛传"甘棠，杜也"，即杜梨。此物笔者儿时常食，确知其小。"郝懿行云：其树如梨，叶似苍术而大，二月开花，白色，结实如小楝子，霜后可食"（《诗三家义集疏》页87），与笔者经验相合。

人心之中。

其实，心不就是至微之物吗？它微小到几乎不存在。遍寻诸身，四肢百骸，无一处是心。剖开心脏，看不到心。打开头盖骨，找不到心。然而，恰恰是这个小到几乎不存在的心，可以永存。譬如眼前这篇《甘棠》，斯人已逝，树亦不存，而"勿翦勿败"之心如出己意，"召伯所茇"之象如在目前。陆象山诗云："墟墓兴衰宗庙钦，斯人千古不磨心。"

《书》云"人心惟危，道心惟微，惟精惟一，允执厥中"，这个至微之物，也是至精之物，能生之物。如果懂得珍惜它的小，"勿翦勿败"，它就可以"至大至刚，以直养而无害，则塞于天地之间"（《孟子·公孙丑上》）。所以，孟子云："苟得其养，无物不长；苟失其养，无物不消。孔子曰'操则存，舍则亡；出入无时，莫知其乡'，惟心之谓与？"（《孟子·告子上》）为《甘棠》之诗者，其知养心乎！

惟其小而易失，甘棠之树才是召公大德的象征。即使大如商、周之天下，也是"天命靡常"的（《大雅·文王》）。惟其小而易伤，甘棠之树才是人民感念召公大德的寄托。即使大如文王之德之纯，也不得不是"小心翼翼"的（《大雅·大明》）。而且，惟其小心翼翼，其德才是配天的。一个人，一个国家，一个时代，若仍然保有"畏天命"之"畏"，就有可能真正无畏；若仍然保有"小心翼翼"的"小"，就有可能还在方兴未艾和走向强大的途中。而什么时候若淡忘了这一切，因为功业而自大，因为虚荣而膨胀，就会开始衰落，走向内心恐惧的暴虐、好大喜功的自卑和虚张声势的渺小。

联系到整部《诗经》所以作的大背景，即周之所以兴的问题意识，《甘棠》之树的小而易失、小而易伤的天命含义才能得到凸显。在《雅》《颂》部分叙述周之所以兴的诗篇中，我们看到的并不是后世常见的那种志得意满、好大喜功，而是无处不在的忧患意识，唯恐修德之心稍有松懈就会失去天命的眷顾。从后稷到公刘，从古公亶父到文武周公，周之先王正是因为对"甘棠之树的小"或"善的脆弱性"有着毫不懈怠的自觉，所以才能通过前赴后继的努力建成天下大业。

周之所以为周，并不在功业的大不可当、坚不可摧的自我陶醉，而恰恰在于对一切伟大功业之"微观基础"的时时反省和自觉。尧舜心传的"人心惟危，道心惟微，惟精惟一，允执厥中"（《（伪古文）尚书·大禹谟》）是这样的微观自觉，孟子说的"不忍人之心"或"行一不义、杀一不辜而得天下，皆不为也"（《孟子·公孙丑上》）也是这样的微观自觉。《诗》云"大任有身，生此文王。维此文王，小心翼翼。昭事上帝，聿怀多福"（《大雅·大明》），"仲山甫之德，柔嘉维则。令仪令色，小心翼翼"（《大雅·烝民》），"战战兢兢，如临深渊，如履薄冰"（《小雅·小旻》），更是这样的微观自觉。所以，不只是在《召南》，而且是在整部《诗经》，乃至在全部六经之中，处处都可以见到《甘棠》小树的身影。

明乎此，我们或许才能懂得孔子为什么在《甘棠》篇中读出了道之几微所在："孔子曰：吾于《甘棠》，见宗庙之敬也。甚尊其人，必敬其位，顺安万物。古圣之道几哉。"（刘向《说苑·贵德篇》）道总是几微的，即使在功业昭著的时候，仍然是几微的、随时可能失去的。"人心惟危，道心惟微"：道心的丧失往往不在艰难困苦的时候，反而恰恰在功业成就的盛大庆典之中。功业之大，德行之至，也往往并不在漂亮的数字和骄人的政绩中，而是在"民无得而称焉"的几微之中（《论语·泰伯》）。

圣道几微。所以，当人民在小小的甘棠树下感念召公恩德之大，却想不起特别感人的事迹：无舍身饲虎之牺牲，无吮痈舐痔之仁爱。召公为他们做过的事情就像这棵小树一样真实和切近。他只是来到这棵树下，来到人民中间，倚树听讼。家长里短，鸡毛蒜皮，化民成俗，润物无声。这是伟大的德行，大地的风化，但仔细想来却只是一件一件微不足道的小事。所以，当召公远去，当地人民的无限感怀之情只是汇作一句"蔽芾甘棠，勿翦勿伐"——只能对着这棵小树说：让我们珍爱它，保护它，世世代代，直到永远。

可以想见，召公虽然朴素亲民，但绝非墨子那样的自苦其极；虽然勤政爱民，但不是像《齐风·东方未明》的公务员那样起早摸黑，以至于衣服都穿得"颠之倒之""倒之颠之"。召公的勤劳应该同时伴随着《羔羊》篇的"委蛇委蛇"之象，宽裕温柔，悠然自得；召公的朴素也应该有《羔羊》的"素丝五纯"之象，朴素但不失仪容优雅，绝非禁欲苦行般的"可歌可泣""令人感动""荡气回肠"。对于召公和《羔羊》的公务员来说，天人之际和上下民情的感通，而不是感动和被感动，才是恒久之道。《易》自咸而恒，说的就是这个道理。

读《行露》

日常生活的默化工夫

厌浥行露，岂不夙夜，谓行多露。
谁谓雀无角？何以穿我屋？谁谓女无家？何以速我狱？虽速我狱，室家不足。
谁谓鼠无牙？何以穿我墉？谁谓女无家？何以速我讼？虽速我讼，亦不女从。

无论《行露》何为而作的本事如何，没有人能不同意，这是一篇决绝的诗。但是，通过一种决绝的语气，《行露》要呼唤的却是一种安宁、平静、持久的幸福生活。当平静生活的希望被一种邋迫的要求所裹挟，平静者亦可以决绝，也只能决绝："虽速我讼，亦不女从。"

行露虽浥，日出即化，这是时间之邋迫，以及邋迫之外强中干。雀虽无角、鼠虽无牙，持之以恒却可以穿屋穿墉，这是时间之日常，以及日常生活的默化工夫。

《诗经》中的露水,还有"野有蔓草,零露漙兮。有美一人,清扬婉兮。邂逅相遇,适我愿兮"(《郑风·野有蔓草》)。邂逅是美丽的,但也是短暂的,必将消逝于真实生活的阳光之中。《行露》是阳光下无露的坦然行走,不是《野有蔓草》的露水邂逅。草尖的露水在被晒干之前,只有片刻晶莹闪亮的静美。而这样的片刻,正是《行露》的永恒。

《蒹葭》也有这样的永恒,虽然《蒹葭》的露水不是被太阳蒸发为大气,而是被寒冷凝结为冰霜。《蒹葭》之不遇,《行露》之不从,《蒹葭》之怅恨,《行露》之决绝,都反而永恒了露水的短暂,宁静了生活的波澜。

然而,何以永恒?何以宁静?答案在"雀角""鼠牙"的默化之力。无论关于雀角鼠牙的训诂争论如何,无论它们有没有角和牙,或者它们的角和牙究竟是什么,诗句本身已经告诉了我们一个无可争辩的事实,即它们会对房檐或墙壁形成一定程度的损坏("穿我屋""穿我墉")。"谁谓雀无角?何以穿我屋?""谁谓鼠无牙?何以穿我墉?"越是隐而不显的"角"和"牙",乃至并不存在的"角"和"牙",才越是尖利的"角"和"牙"。晒干露水的阳光,催人老死的时光,当然是存在的,但没有人的指尖可以像接一滴露水那样接住它的存在。时光几乎就是雀角鼠牙穿屋时挖出的空洞。即使未经穿挖的房屋,本身也是一个更大的空洞。人类在天地间建设自己的房屋,正如雀鼠在人类的房屋中建设自己的房间。人活在时光的房间,也死在时光的房间,正如露水在阳光中闪亮,也在阳光中消散。

短暂邂逅的露水之情是美丽的,有时甚至是完美的。但它的完美恰恰建立在一个缺憾之上,这个缺憾便是尚未开始缺憾。而生活,屋檐下的生活,没有不是千疮百孔、充满缺憾的;但只要凭着"角""牙"的默化之力,驯服张牙舞爪的邅迫欲望,不屈服于欲望诉讼的威胁,那么,安宁、平静、持久的幸福生活就会像太阳一样冉冉升起,在每一个早上无声无息、平平常常地到来,即使它所照耀的屋檐之下仍然是充满缺憾的生活。

读《羔羊》之一

欲何以起礼，私何以生公

> 羔羊之皮，素丝五紽。退食自公，委蛇委蛇。
> 羔羊之革，素丝五緎。委蛇委蛇，自公退食。
> 羔羊之缝，素丝五总。委蛇委蛇，退食自公。

前文解《甘棠》的结尾，我们谈到《羔羊》，此义正与齐诗、鲁诗皆以《羔羊》美召公一致。[1]《羔羊》所述，衣食而已，其"小"正如《甘棠》，其道之大而远亦如《甘棠》。毛序云"节俭"，然而此"节俭"并不寒酸，反而有从容委蛇之象，宽裕温柔，是一种真正的"富贵"。此富贵之本不在"五紽""五緎""五总"之数，而在"素丝"之素。如无素丝之素，羔羊皮革之美便无以成章。"素丝"，质也；"皮""革"，文也；二者相成《羔羊》之"委蛇"，"文质彬彬，然后君子"（《论语·雍也》）

---

[1] 参《诗三家义集疏》页94。

之象也。故《羔羊》君子所以委蛇自得者，非以"节俭"感人，而以文质相成也。

"退食自公"之义，三家诗以为退朝而食于公门，朱子《诗集传》以为"退朝而食于家"，[1] 皆不妨"公"与"食"之关联，以及此关联中的从容委蛇。政治事关公务和公义，但公义并不抽象，而是时时与具体的人联系在一起。公务员是具体的人，公务涉及的人事也关乎具体的人。公务是"天工"，但天不能直接治理人民，只能通过具体的人来行公务。《尚书·皋陶谟》所谓"天工人其代之"即此意。

另一方面，人代天工所处理的人事，其公其义，条条落实下去，也无不连带着具体人员的具体利益和具体欲望。衣食之须臾不可离，带来情欲之急迫，这是政治思考不得不面对的现实出发点。无衣无食，人就会死。衣食之需是人生有限性和人类事务具体性的直接表现。政治公义的必要性，就产生于人的有限性、具体性。所以，荀子论"礼之所起"云："礼起于何也？曰：人生而有欲，欲而不得，则不能无求。求而无度量分界，则不能不争；争则乱，乱则穷。先王恶其乱也，故制礼义以分之，以养人之欲，给人之求。使欲必不穷于物，物必不屈于欲。两者相持而长，是礼之所起也。"（《荀子·礼论》）黄宗羲原君之所起亦从"有生之初，人各自私也，人各自利也"开始推演（《明夷待访录·原君》）。这些都是有实际治理经验的人给出的经验观察，以及有见于政治具体性的理论思考。

---

[1] 分别参见《诗三家义集疏》页95，《诗集传》页13。

《仪礼·士相见礼》"上大夫相见以羔。"羔羊为什么能成为大夫之德的象征？《羔羊》之诗提供了启发。《羔羊》把衣食之私与政治之公直接写到一起，饱含公私之义的政治哲学思考。衣食之私，君子不免，而君子何以能不假公济私？分权监督、权力制衡自然是必要手段，但也只是"免而无耻"的手段，即出于外在压力而不是出于内在自觉的免于腐败。《羔羊》由内而外的宽裕从容、"委蛇委蛇"的生命状态，才是能从根本上解放私欲之急迫的生命工夫。

不要蔑视工夫，以为只有监督和惩罚才有用。很多时候，一个权位熏天、家藏万贯的官员之所以腐败、欺骗和压榨，并不是因为权力和财富的匮乏，甚至也不是因为缺乏监督，而是因为他的生命如同"正墙面而立"那样没有打开。在这样的生命状态中，腐败、欺骗和压榨成为一种比衣食之需还要强烈的欲望。这种欲望不会因为得到所欲之物而满足，反而会不断强化升级。对于一个"正墙面而立"的遽迫生命而言，欲望本身成为其遽迫生命的遽迫存在方式。

非独贪官，"正墙面而立"的逼仄遽迫其实是每个人或多或少都会面临的问题。对治这个问题的方法，正如孔子教导所示，可以通过诗教尤其是二南的诗教来打开生命的空间。[1]《羔羊》每章首句以衣开头，末句以食结尾，中间两句分别是"素丝"和"委蛇"。在衣食欲望的必然性之间，有一种素心优游、宽裕有余的生命空间被打开，于是欲望的遽迫性就被"悬解"（《庄子·大

---

[1]《论语·阳货》："人而不为《周南》《召南》，其犹正墙面而立也与？"

宗师》）。如此，公权之公才有可能在掌权者的内心深处开启，成为有权者自身生命存在的方式，而不只是来自社会契约论的外在权利让渡的抽象逻辑。于是，公权力之公共性、正义性也将成为权力行使者的内在自我要求，而不只是出于对外在监督的恐惧。这样的公权行使者才是真正的"公人"或公务员，而不再是不敢营私舞弊的小人。

所以，荀子和黄宗羲思考过的欲何以起礼、私何以生公的问题，还需要更进一步的本源性思考。阅读《羔羊》诗篇，有助于我们更加本源地思考私欲和公义的关联。如果不是因为"天命之谓性"给出了礼法和公义的潜在可能性，恐怕再怎么求助于工具理性的资源分配，也无法真正建立礼法和公义。礼云礼云，制度云乎哉？礼之所起，在经验的层面，确实出于私利和欲望的公共管理；但当我们思考这些经验为什么可以有效的时候，却不得不进入"天命之谓性"层面的思考。所谓孟子性善论和荀子性恶论的区别，并不是根本上的对立，而是思考层面的不同。性善论并不是对性恶论的反对，而是对它的奠基；性恶论并不是对性善论的颠覆，而是对它的运用，虽然有时候只是"日用而不知"的不自觉使用。

读《羔羊》之二

委蛇行道与返回的自然

　　人的具体性或者说有限性，首先就体现在吃饭之上，其次体现在穿衣上，再次体现在居室之中，最后体现在行走之上。常言所谓"衣食住行"在《羔羊》篇都有体现。"羔羊之皮，素丝五紽"是衣，"退食自公"是食，公所或退而居家是住，"委蛇委蛇"是行。衣食住的紧迫需求，在从容自得的行道中得到适度的满足和节制。《羔羊》全篇的旨归，就在行道委蛇之象。

　　行道几乎是绝大多数诗篇发生的机缘。诗篇所写，也多在路上。《关雎》入室琴瑟鼓乐之前，经历了漫长的"左右流之""寤寐求之"；《葛覃》归宁父母，连起兴之葛也从山谷的一边延施到另一边；《卷耳》"置彼周行""陟彼高冈"，是在路上的深思和远望。《鹊巢》嫁娶，却只写车马的往来，"百两御之""百两将之"；《采蘩》《采蘋》写祭祀，却多着墨于山野祭品的采摘，"于沼于沚""于彼行潦"。有道路，然后有世界。是道路把天地之间的莽原敞开为人类的生活世界。行走，然后望见远方，而不是反过来。为什么诗谓之"风"？作诗谓之"行吟"？观夫诗三百多在路上，可知矣。

路上的行走可以是从容的，也可以是急迫的。《邶风·北风》"既亟只且"是急迫，"其虚其邪"是从容（"邪"即"徐"）。急迫是迫于情（无论是感情还是处身情势），从容是适于性。《关雎》"辗转反侧""寤寐思服"是迫于情，"悠哉悠哉""琴瑟友之"是适于性。《野有死麕》"有女怀春，吉士诱之"是迫于情，"舒而脱脱兮，无感我帨兮"是适于性。道路的遥远可以缓解情的急迫，行道的节律有助于找回适性的从容。为什么一个手足无措的孩子，当他投入游戏时就可以忘怀陌生环境带来的焦虑？为什么"驾言出游"即可"以写（泻）我忧"（《邶风·泉水》)？这些日常经验可以帮助我们思考，为什么道路这样一种司空见惯的事物可以成为中国思想的基本取象？

不吃，人会饿死；无衣，人会冻死；没有房子和"房事"，人甚至不会出生。衣食住往往相关于急迫的情势和欲望，而行道并非无之即死的基本生理需求。在《论语·先进》"侍坐"章的各言其志中，子路、冉有的志向陈述涉及饥饱贫富，公西华谈及服饰礼仪，都是国计民生之必须，而曾点之对则涉及一次貌似无关紧要的暮春出游、悠游行道。孔子"吾与点也"之意，在肯认无用的"游"带来生命的从容。这种从容并不是可有可无的饭后甜点，而是决定吃饭本身是否属于人类文明活动的关键，因为，通过"游"获得的从容节度，可以缓解衣食欲望的邅迫，并把它们纳入礼乐生活的宽裕温柔、中和节制之中。

从子路、冉有的观点来看，以及从荀子《礼论》、黄宗羲

《原君》的观点来看，《羔羊》的"委蛇委蛇"是丰衣足食的结果；而从"与点之意"出发，却可以看到相反的一面：在本源的意义上，"委蛇委蛇"恰恰是衣所以丰、食所以足的前提。如果不能委蛇自得，虽丰足而犹遽迫；如果能"委蛇委蛇"，自适其性，则可以"一箪食，一瓢饮，在陋巷，人不堪其忧，回也不改其乐"（《论语·雍也》）。颜回之所以能丰衣足食于箪食瓢饮，安居于陋巷，是因为他首先已经是自由人，真正的自由人，无条件的自由人。这种自由的无条件性比动物的自然还要自然，因为它是返回的自然。返回的自然就是人们已经说滥了但并不真正理解的"自由"。这种自由是对自然本性的回归。

《庄子·逍遥游》里的"鹪鹩巢于深林，不过一枝；偃鼠饮河，不过满腹"不是鹪鹩、偃鼠说的话，是许由对尧说的话。这句话表面上说的是动物的自然，实际说的是人的自由。动物自足其性，但不自知，是为自然；人能自知其自足，复其本性，是为自由或返回的自然。自知，所以能自由，所以能不自由。正因为有不自由的可能性，自由才是自由或返回的自然，而不是直接的自然。自知，所以能自失，故人能贪得无厌、奢靡无度、丧心病狂、仓皇遽迫，这便是不自由；自知，亦所以能自反，能自诚明而自我成就，能成己而成物，这便是自由。鹪鹩、偃鼠之所以能自足，是因为它们自在其性，未离自然；颜回之所以能不改其乐，是因为他能自知其性，返回自然。

同样，"儵鱼出游从容，是鱼之乐也"（《庄子·秋水》）并不是鱼说的话，而是庄子说的话。在这一点上，惠施是对的。但惠施只关心自然或鱼是否快乐或人是否知道鱼快乐不快乐，而庄子观鱼的焦点却是人的自由或返回的自然。庄子说"我知之濠上",而非知之水中。濠上观鱼之乐的本质是自由之乐或返回的自然之乐。"儵鱼出游"是鱼的自然,知"鱼之乐"是人的自由返回于自然的投射,"从容"则是自由与自然的融合:"从容"既是对"儵鱼出游"的自然摹状,也是观鱼者的自由对自然情态的返回。与之相反,或者说与之相同,《羔羊》的"委蛇委蛇"则既是"退食"之人的自由摹状,也是其自由表现为一种类似于"儵鱼出游"的自然情态。

鹪鹩、偃鼠所喻指的生活状态,首先是因为有了"委蛇委蛇",然后一枝之木、满腹之水才是富足的。相反,一个杀尽邻居、独占山头的居者,一个断流取利、沿流设卡、巧立名目、鱼肉百姓的饮者,却永远不可能富足。即使拥有十万大山,他也会感觉无处可居;即使拥有整条富春江,他也会感觉无水可饮。他一心所想的,是去占有更多山林和河流。他永远是自己的欲望和所占有之物的奴隶,因此他既不自由,也远离自然。浅层的自由是对自然的摆脱,深层的或真正的自由却是对自然的返回。如果不能返回自然,停留在反自然的浅层自由中,那么,他拥有越多,就越陷入贫穷。这不是寓言,这是人类生活的实情。

《羔羊》之人何以能节俭?以其能委蛇行道。反之亦然:何以能委蛇?以其能节俭衣食。节俭并非违反衣食天性的自然,恰恰相反,惟节俭能复归衣食需要之天性自然。鹪鹩巢林于一枝,偃鼠饮河止满腹,这是天理自然,自适而不害物,委蛇委蛇;独占山头,断流取利,这是人欲,贼物而自戕,害性伤生,使自己和他人都处在一种褊急相残的关系之中。一旦如此,则勤奋致富会变成贪得无厌，节俭美德会变成吝啬褊急。

所以，《羔羊》诗义的要点，并不在"素丝五纯"的节俭（如《诗经原始》所论），而在"委蛇委蛇"的宽裕从容。《魏风·葛屦》《唐风·蟋蟀》都是勤劳节俭的典型，而毛诗以《葛屦》为"机巧趋利""俭啬褊急"，以《蟋蟀》为"俭不中礼"，正是因为二者都缺乏《羔羊》的宽裕从容。至于巴尔扎克笔下的葛朗台，更是早期现代生活方式建立之初的吝啬富豪典型。韦伯的《资本主义与新教伦理》也论证了现代形式的勤俭与资本主义生产生活方式的关系。现代性驱使传统的勤奋美德异化为高强度的紧张劳动，使节俭异化为成本控制和劳资矛盾。在这个问题意识背景中重读《羔羊》，可以促使我们思考：真正的自由和真正的文明生活方式究竟应该是一种什么样的状态？

读《殷其雷》

家园之思与天下之忧

　　殷其雷，在南山之阳。何斯违斯，莫敢或遑？振振君子，归哉归哉！
　　殷其雷，在南山之侧。何斯违斯，莫敢遑息？振振君子，归哉归哉！
　　殷其雷，在南山之下。何斯违斯，莫或遑处？振振君子，归哉归哉！

　　从毛诗"劝以义"到朱子《集传》"且冀其早毕事而还归"，到现代人以为纯是思念夫君乃至控诉国家，《殷其雷》的解释经历了家国关系的整部思想史。[1] 其实，近处的家园之思与远方的天下之忧是一件事情的两个方面。劝义正是在盼归中才有义，盼

---

[1] 参《毛诗正义》页103，《诗三家义集疏》页98 – 99，《诗集传》页14，《国风集说》页173 – 175。

归只有在劝义中才有情。劝义从哪里可以看到？从"殷其雷"可以看到。如果缺乏天的维度，此诗确实只不过是人间的感情，而《殷其雷》自始至终回响着天边的雷声，且落于山下，实含天道深入人心之义，非王风之化民不能歌也。

　　雷于《易》为震为动，山于《易》为艮为止。"何斯违斯""振振君子"，动也；[1]"莫或遑处""归哉归哉"，止也。天道阴阳动静，家国大义情深。王事不遗细民，家园在宥天下。君子行役是国事，也是天下事；妻子望归不是国事，只是家事，但也是天下事。孟子曰："得乎丘民而为天子，得乎天子为诸侯，得乎诸侯为大夫。"（《孟子·尽心下》）二南之为正风，正在于家国天下的一体情怀。《卷耳》望归不得而"置彼周行"，天下之思即远人之思；《汝坟》终于"既见君子"而夫妻相对而言的却是"王室如燬""父母孔迩"。相比于周之始衰后的《王风·君子于役》，以及州吁之乱时的《邶风·击鼓》来说，二南的《卷耳》《汝坟》《殷其雷》等诗篇的夫妇相思中天然地就蕴含着天下的关怀，而不是对于行役和分离的怨怒。这倒不是因为二南的留守妻子们境界更高，而是因为在深被文王之化的二南中，家事国事天下事原本就是一事。所以，丰坊伪传和方玉润《诗经原始》等诸家以《殷其雷》为周士或诸侯归向文王，这与毛诗的君子行役而室家思之的解释实可相通。[2]

---

　　[1] "振振"或释"信厚"，或释"振奋"，参《诗三家义集疏》页99 - 100。

　　[2] 参《诗经原始》页107 - 108，《国风集说》页174 - 175。

身、家、国、天下都有自然的基础，也都有建构的成分。不过，相比之下，国的建构性最强，其自然基础最容易被遮蔽。身、家、天下则都比国有更明显的自然属性和更少的建构特点。其中，尤其以家为连接身与天下的关键。故孔子论孝"始于事亲，中于事君，终于立身"（《孝经·开宗明义章第一》），并非流俗理解的以治国为终极旨归。"以孝治天下"自然包含"以孝治国"，但绝不应局限于"以孝治国"，尤其不可从工具化的角度来理解"以孝治国""移孝作忠"。

柏拉图《理想国》与亚里士多德《政治学》之间关于家的争论，也体现了家之自然属性的不可消解，以及国的建构理性不可能完全取代家的自然感情。家既不是一个国家机构或社会组织（虽然今天的婚姻法几乎已经把家庭理解为公司），也不只是纯属亲情的私密领域，而是一头连着亲情，一头连着国家。或者更本源地说，家之为家是一头连着身，一头连着天下。家是能安身的鹊巢，也是能使天下之义得到落实的殷其雷。"殷其雷，在南山之下"，南山之下有家园，南山之外有边疆。边疆的国事和战争只有像《殷其雷》这样息息相关于南山下的家园生活，同在一个"天下雷行，物与无妄"的雷声之下，国事才能成为王事，成为天下之事（真正的王事即天下事）。是家事能把国事带向王事或天下之事，而不是反过来。是家庭能为国家提供存在的根基和合法性基础，而不是反过来。

家之义既不局限于亲情关系的私密领域，也不能消融于国家建构之中。家在宥天下。《庄子》云"闻在宥天下，未闻治天下"

(《庄子·在宥》)。在者自在，宥者宽宥。[1]国可以治，而天下非治可治，身家亦非治可治。《大学》云"修身""齐家""治国""平天下"。"治"是对象化的理性处理，"修""齐""平"则都含着一种朝向和期待，朝向未来，期待"诚者自成也，而道自道也"（《中庸》）。这是生命的教化和生命的政治，是"天命之谓性"的自我发现、自我返回和自我完成，即"率性之谓道，修道之谓教"之事。由之可见，儒家既不是抽象的个人主义，也不是教条的家庭本位或国家主义。儒家是各正性命，同时又环环相扣，这便是"天下有道"。

所以，国事只有导入"性""道""教"之事，才能使权力和资源之争成为有益于生命教化的事情；"治国"只有导入"修身""齐家""平天下"的系列之中，才能找回政治事物的生命意义之源。《大学》论述"八条目"的次第，从"古之欲明明德于天下者，先治其国"一句带起，到"国治而后天下平"回到出发点，形成一个圆环。这个圆环的出发点和旨归是天下大道，问题意识的关键是如何引导国家政治走上这条道路，如何引导的枢机则在修身，而这一切具体发生的生活世界则是家庭。为什么《诗》篇所咏，多涉家事而意旨深远，在儿女情长之外多所寄托？聆听《殷其雷》的隐隐雷声或许可以有所启发。

---

[1] 郭象注、成玄英疏之意如此。参郭庆藩《庄子集释》，中华书局，1961年，页364。

读《摽有梅》

剥极而复的急道之思

摽有梅,其实七兮。求我庶士,迨其吉兮。
摽有梅,其实三兮。求我庶士,迨其今兮。
摽有梅,顷筐墍之。求我庶士,迨其谓之。

二南多采撷,但二十五篇中,这是唯一一篇非主动采摘,而是等待所采之物自然落下的诗篇。然而,这恰恰又是一篇最急于采摘或者说是急于被采摘的诗篇。完全被动的看梅子落下和非常主动的急于求嫁形成了强烈的对比。由之可见,在表面的急迫之下,其实有一种从容不迫的静观梅落,虽"顷筐墍之""迨其谓之"而犹然守身如玉,并没有结束她的等待。所以,与其说《摽有梅》是一篇急迫之诗,还不如说是一篇等待之诗。

《摽有梅》的诗人一边静观梅子熟透后的自然坠落,仿佛从容不迫;一边希望"求我庶士,迨其吉兮",乃至"迨其今兮""迨其谓之",仿佛一刻都等不及了。貌似相互矛盾的两方面并存于一篇之中。对美好生活的憧憬是急的,念兹在兹,无一刻之停留,但为什么求我者甚众而至于"其实七兮""其实三兮""顷筐塈之"却并不出嫁?可见《摽有梅》之急,礼之急也,道之急也,非情欲之急也。道之急者,"君子终日乾乾,夕惕若厉"(《易》乾九三),"丘之祷久矣"(《论语·述而》),皆道之急也。礼之急者,则有《礼运》载言偃问孔子:"如之何礼之急也?"《摽有梅》之急,非《礼运》不能发其微言大义也。

《礼运》之意,"天下为公"时行道,"天下为家"时行礼。礼之所以急,根本原因并不是要通过礼来固化等级特权,而是因为礼之运关乎道之行。其中关节,我曾在《年龄的临界》文中分析道:"大道既隐,天下为家,王道乃兴。王道之义,不在私天下,而在于:如果不得不立足于家天下前提之上的话,如何在欲私天下之家中楔入一个大道的遗存,以便把这个欲私天下之家撑开为天下为公之家。这便是为什么在大道既隐的家天下格局中,'莫急乎礼'。"[1]

其实,与文明史相似,每个个人的成长历程也都经历了《礼运》所述的变化。人生于世,无知无识,长于父母之怀时,相当于"大道之行也,天下为公"。那时虽不懂礼而天真无邪。此后,随着知识和情欲的增长,道德和礼义的学习也在完善。在这个过程中,人逐渐脱离天真未凿的个人史前史,

---

[1] 参拙著《道学导论(外篇)》,华东师范大学出版社,2010年,页59。

进入礼的世界，开始有了"人生履历"。谈婚论嫁、成立家庭之于个人历史，正好相当于"天下为家"之于三代历史的起点。在这个关口，最要紧的是夫妇之礼和男女之情的关系，即家何以成立的基础问题；正如在"天下为家"中，最要紧的是社稷和宗庙的关系，或天下王道与国家理由之间的关系，即国何以成立的基础问题。[1]个人史和文明史，有着《诗》一般的比兴关系。《诗经》为什么总是通过个人和家庭叙事来蕴含天下之义的远思？《礼运》或许可以从礼教的角度出发，为诗教提供启发。

礼有"礼运"，诗亦有"诗运"。礼运乎大道之隐，诗运乎梅子之摽，皆无非《易》道"剥极而复"之思也。故礼之急，《摽有梅》之急，非剥之急也，乃欲有所复之急也。剥卦"君子重消息盈虚，天行也"（《象传》），是被动的看天，有类《摽有梅》之静观梅子剥落；而《摽有梅》主动的求嫁则是剥中蕴含的复之

---

[1] 关于此点的更多分析，可参拙文"儒法关系的共和意义：阅读《资治通鉴》的开篇"，见收拙著《道学导论（外篇）》页106："五行循环制约体系的结构保证了中华人民帝国两千余年的开明强盛。但是这个结构蕴含着根本的自相矛盾，即，民情天意的大公恰恰是委托给一个独一的封建家族之私来实行的。这个基本矛盾在立后、立嗣问题、内外臣问题（宦官问题）、外戚问题等方面都有明显的表现。这些问题究竟只是皇帝家事，还是天下公事，往往处在混乱之中。固然，天子无私事，但这个'无'如何落实是一直未能解决的问题。无论左社右庙还是右社左庙，人民之社与皇家之庙相提并论，皇帝同时是天之子与先王之子，直接表现了人民帝国的基本内在矛盾。社与庙是立国之本，但这是两个本，两个基础。基础的分裂导致国家的分裂：一个人民帝国实际上是两个国家，一个是社的国（家），一个是庙的（国）家，一个是人民的国（家），一个是君主的（国）家。所谓明君，就是能够把这两个国－家合成一个国家的君主，这时就出现治世；所谓昏君，就是制造和加剧了这两个国－家之分裂的君主，这时就出现乱世。"

初九。所以,无论汉代四家诗说以《摽有梅》为男女及时,还是明清诸家以为文王求贤,[1]皆无非剥极而复之急时也,"诗运"之急道也。《摽有梅》之急,急乎此者也。

---

[1] 此说较有代表性的分析参见《诗经原始》页109。

读《小星》

星光下的恒心

嘒彼小星，三五在东。肃肃宵征，夙夜在公。寔命不同。
嘒彼小星，维参与昴。肃肃宵征，抱衾与裯。寔命不犹。

《小星》几乎是毛诗郑笺一系诗解中讲得最荒唐的一篇。凌晨时分，一队媵妾抱着被子和床帐，排队等候入宫，如"青楼移枕就人之意，岂深宫进御于君之象哉"？[1]就算宫中真的穷到没有被子和床帐，要众妾各自随身携带，那被伺候的君主要睡那么多场次的被子，恐怕也太操劳了吧？前半夜要为后妃尽丈夫的义务，后半夜还要为一队陆续进宫的众妾尽义务，不知君王还要不要睡觉休息？第二天早上还要不要临朝理政？如此荒淫景象，岂

---

〔1〕《诗经原始》页111。

是儒家诗教所美？如此荒淫悖理，谈何以礼解诗？

毛、郑解《小星》，如其解《关雎》，着眼点在后妃不妒忌。这诚然是君主制时代关乎天下安危的后宫秩序问题，不过，比妒忌更危害天下的问题是淫乱，即使这是在后妃的不妒忌之德所领导下的有序淫乱。后妃的不妒忌如果导致的是君王更加泛滥无节的纵欲，那么，这种不妒忌就只不过是谗佞，乃至奸邪，绝非美德。不妒忌当然有利于弭争，不过，这并不意味着就有理由帮助君主淫乱。即使是互不妒忌的有序淫乱，也是淫乱，而且可能会导致更加极端的淫乱。有序只不过保证了淫乱的高效，并不能改变淫乱的本质。借口多衍子嗣的理由为之辩护，也不能改变淫乱伤身以至于绝后的恶果。襄楷谏汉桓帝云"昔文王一妻，诞至十子；今宫女数千，未闻庆育"（《后汉书·襄楷传》），即是明证。

韩诗以《小星》为贤人因大义而屈就微职，不辞细务，显然更合经文"肃肃宵征，夙夜在公"之意。如此，则"抱衾与裯"亦不难理解为披星行役之劳，不必曲解为众妾抱被进御的荒唐不经。至今军训"拉练"，尚负褥行军，正是《小星》遗风。如此"抱衾与裯"，乃是"肃肃宵征，夙夜在公"之象，自有一股沉郁豪迈之气，可以不负头顶星空矣。当万物尚在沉睡之时，行役君子在星空下为王事奔走，可谓知命矣。当他抬头望见"嘒彼小星，三五在东"，想到自己的职位之低虽如小星之小，但黎明曙光之先见亦如小星之在东，则知"寔命不同"而天命之性靡不同矣。尽其性而受其命，故能"寔命不犹"矣。

《韩诗外传》以曾子出处之事发明《小星》诗义，而且置诸篇首，引带全书，用意不可谓不深：

曾子仕于莒，得粟三秉，方是之时，曾子重其禄而轻其身；亲没之后，齐迎以相，楚迎以令尹，晋迎以上卿，方是之时，曾子重其身而轻其禄。怀其宝而迷其国者，不可与语仁；窘其身而约其亲者，不可与语孝；任重道远者，不择地而息；家贫亲老者，不择官而仕。故君子桥褐趋时，当务为急。传云：不逢时而仕，任事而敦其虑，为之使而不入其谋，贫焉故也。诗云："夙夜在公，实命不同。"[1]

　　《诗经》之作，雅颂之外，多是普通人的日常生活。女性与家庭主题自不待说，小吏之诗亦不少。《羔羊》《驺虞》之乐，《北门》《简兮》之忧，皆其事也，而忧乐不同。《小星》在小吏诸篇中，处在二者之间且超出二者之上：乐天而不得志，劳苦而不怨。所以能如此者，以其知时。知时以命，知命以性，知性以心，持心以诗。自古及今读《诗》之人、解《诗》之人，何尝不是像《诗经》的作者和编者那样，大多是身微而思远的读书人？即便如孔子，其圣其仁，正体现在他的"栖栖遑遑""君子固穷"之中。是故《韩诗外传》以《小星》与曾子之事置诸篇首，寒士读《诗》之自况也。

　　孟子云"无恒产而有恒心者，唯士为能"（《孟子·梁惠王上》）。《说文》："士者，事也。"士之为士，面向事情本身，"不以物喜，不以己悲"（范仲淹《岳阳楼记》），惟事是务，惟时是顾。故孔子赞颜回"一箪食，一瓢饮，在陋巷，人不堪其忧，回

---

[1]《韩诗外传》页1。"寔命不同"韩诗作"实命不同"。

也不改其乐"(《论语·雍也》),称子路"衣敝缊袍与衣狐貉者立而不耻者,其由也与?"(《论语·子罕》)。宋太宗曾对大臣钱若水说道:"士之学古入官,遭时得位,纡金拖紫,跃马食肉,前呼后拥,延赏宗族,此足以为荣矣,岂得不竭诚报国乎?"这种观点代表了绝大多数人的价值观。而钱若水对曰:"高尚之人,固不以名位为光宠。忠贞之士,亦不以穷达易志操。其或以爵禄荣遇之故而效忠于上,中人以下者之所为也。"[1]

笔者不敏,而每当笔耕至夜,见窗外寒星三五在东,念及先贤言行,莫不咏《小星》以至于再三也。此书《诗经大义发微》之作,谓之《小星》星光下的区区恒心,亦不为过也。《诗》云"耿耿不寐,如有隐忧"(《邶风·柏舟》),千古不磨之心也。

---

[1] 李焘《续资治通鉴长编》卷四十一。

读《江有汜》

川上的道歌

江有汜，之子归，不我以。不我以，其后也悔。
江有渚，之子归，不我与。不我与，其后也处。
江有沱，之子归，不我过。不我过，其啸也歌。

《江有汜》之义，无论按毛诗或三家诗解为媵妾不得于嫡夫人而嫡终有悔，还是按方玉润《诗经原始》解为"商妇为夫所弃而无怼"，[1] 都不妨"江""汜""渚""沱"之取象。嫡媵之事只发生在某些特定历史时期，商妇见弃于夫也只是个别事件，而江汜渚沱的象征意义却可以永恒。明乎此理，则今日下属被上级轻视，以及家人和朋友之间的相似关系，皆可以从《江有汜》获得启发。《诗》之为诗的永恒意义就在这里，否则《诗》就被降

---

[1] 参《毛诗正义》页114，《诗三家义集疏》页107，《诗经原始》页112。

低为历史记录或某些连历史都算不上的个别事件的记录。《左传》赋《诗》，《论语》载孔子与弟子论《诗》，多"断章取义"，"告诸往而知来者"，就是以《诗》为诗，而非以史限《诗》。

《江有汜》的取象是一道江水和江水的支流及水中小洲。江水流变不息，所以会流变出支派（"沱"）、支派复入江水（"汜"）以及暂时分割江水但终于还是让江水汇合的沙洲（"渚"）。江水的流变本身成为不变的永恒。所有流变及其产物最终都回到这江水的永恒流变之中。媵不得于嫡，商妇见弃于夫，下属被上司轻视，都是江水流别之象，而流别之水所以能无怨者，以江水之常也。知江水之常，则"江有汜"者，江流别派之汜也，非江外之死水也；"江有渚"者，江中所有之渚也，非江外之陆地也。"子在川上曰，逝者如斯夫，不舍昼夜"（《论语·子罕》），临流知常之叹也。《江有汜》"其啸也歌"者，亦歌此也。江流如时间，永远在分叉。人生如江流，祸福屡迁。迷沱者往而不返，泥渚者蹇涩不前，惟《江有汜》之人能逍遥乎江水之上，别流而无怨，主流而不骄，合主流而能别派，逸旁支而能知反。噫，其知道者之歌乎？视乎《秦风·蒹葭》之顺逆失据，亦可谓《周南·汉广》之回响也。[1]

---

〔1〕《秦风·蒹葭》"溯洄从之，道阻且长；溯游从之，宛在水中央。"毛传"逆流而上曰溯洄"，"顺流而涉曰溯游"（《毛诗正义》页494）。王船山《诗广传·论蒹葭》"宛在而不知求，逆求而不知所在"（《船山全书》第三册，页371）。

读《野有死麕》

回到礼乐的自然本源

> 野有死麕,白茅包之。有女怀春,吉士诱之。
> 林有朴樕,野有死鹿。白茅纯束,有女如玉。
> 舒而脱脱兮,无感我帨兮,无使尨也吠。

《野有死麕》之义,毛诗、三家及朱子《集传》虽表述不同,但大体一致,皆以此诗为贞女拒绝强暴之男。[1] 然而,"吉士"如何是"强暴之男"?其德如玉之女如何怀春?这是方玉润《诗经原始》提出的质疑。所以,方玉润引章潢之见,以为是山林之士"拒招隐"之诗。[2]

其实,"处士"之出仕与隐处,"处女"之出嫁与闺处,乃至"处暑"节气中的暑气消长,说到底都是道之显隐的表现。故历

---

[1] 参《毛诗正义》页116,《诗三家义集疏》页111,《诗集传》页16。
[2] 参《诗经原始》页113。

代诗歌传统中，以男女之情写君臣之义，或以寒暑气变写男女之情，都是屡见不鲜的主题。诗并不是流水账似的事件记录，而是"天地之心"的发生、"万物之户"的发见。[1]所以，如果以诗为诗，而不是以诗为有待处理的考据材料，则读诗之法不在斤斤计较某诗所言究竟是男女之情还是君臣之义，抑或天气预报，而在于思通天人相与之理，做诗心持物的工夫，以物象之微揭橥诗篇大义。

在诗歌阐释中，人物故事、历史情节等方面的重要性，反不如那些貌似无关紧要的兴象更能揭示诗篇的深层意蕴。貌似占据叙事核心的人物故事反而是诗之为诗的非本质部分，而那些貌似可有可无的、跟情节叙述关系不大的比兴物象却很可能是一篇诗之所以为诗的关键。逃离对象化的直视，避入无关的细节，反而建立一种更加深刻的关联，这是道的游戏，也是诗的言说。解诗如果不到这一层，就还没有进入诗歌。体道如果不到这一层，所得无非道之遗迹。

吉士而诱之，玉女而怀春，这样的吊诡只有在教条主义的道德观点或僵化的自然主义看来，才是不可理解的，而具体的礼法和真实的自然，本就发生在这样的吊诡之中。其实，在吉士和玉女出场之前，麕鹿和白茅等兴象就已经提示了这一点。"野有死麕，白茅包之"：野生动物及其颤抖的情欲在一开篇就已经死去，或者说被包裹进文明生活的礼物中，以另一种方式存活。文明在

---

[1]《诗纬·含神雾》："诗者，天地之心……万物之户"，相关分析参前文"绪论之一：《诗》究天人"。

草野中开显，但还没有脱离草野。文明的礼物只是刚刚死去的野兽，文明的包裹只是漫山遍野的茅草。最初的文明既保持着自然的淳朴和野性的力量，同时又带着标记文明的羞涩微笑。等到文明过度以至于颓靡败坏时的"氓之蚩蚩，抱布贸丝；匪来贸丝，来即我谋"（《卫风·氓》），则其笑容就变成了嬉皮笑脸的搭讪，而礼物也变成了密谋的商品。

《野有死麕》最后出现的物象是"尨"，一只狗，一只人类驯养的多毛的动物。多毛就是多文，但文明的动物仍然是动物，"虎豹之鞟犹犬羊之鞟"（《论语·颜渊》）。好的文明不应通过扼杀自然而达到，反而应该成为自然物性的自我认识和自我完成。文明礼乐的本质本来就应该是自然本性的自我发现和自我成就，而不是自然的背离。故大学之道一本于修身，中庸之义在"成己成物"的"诚"。

由是观之，当白茅在盛大庄严的庙堂祭祀中用于缩酒，或在封建诸侯的重大国事中用来包土分封，茅还是那个漫山遍野的草，而不是仅仅被用作滤酒或包土的工具。比茅草好用的工具比比皆是，但茅的行礼之义不可替代。茅被用作礼器，不是因为它的工具性，而是因为它的大地性。茅惟有作为长满大地的野草，而且即使在它被用作祭祀或封土的重要礼器时仍然保持其为野草的自然本性，才有其文明礼乐之用。否则，一件过滤或包装器具，无论它多么便利而精致，也没有用作礼器的理由。

《周易·大过》"初六，藉用白茅，无咎"，以茅为放置祭品之席。孔子论曰："苟错诸地而可矣，席用白茅，何咎之有？慎之至也。夫茅之为物薄，而用可重也。"（《周易·系辞上》）用之重者，莫过于用为地。"藉用白茅"即用茅为地。这种随处可见的草，铺满山野，朴实而坚韧，岁岁不绝，几乎就是大地本身的征象。以茅藉之，大地厚德载物之象也；以茅包之，母亲庇护长养之象也；以茅束之，源于自然节度的礼义之本也。故《诗》云"白华菅之，白茅束之"（《小雅·白华》），王肃云"白茅束白华，以兴夫妇之道，宜以端成洁白相申束，然后成室家也"。[1]《野有死麕》"白茅纯束，有女如玉"，亦以白茅之束而成女德之纯净也。

然而，"白茅纯束，有女如玉"并不像表面上看起来那么顺理成章。前一句"白茅纯束"还是在说死麕礼物之束茅，而后一句"有女如玉"就直接蒙太奇到了礼物的接收者。可以相见，当诗中的女子接受礼物的瞬间，有一种柔和而洁白的光芒，立刻就包裹了礼物和礼物的接收者，把二者融为一体。白茅之白，玉女之玉，被这层光晕裹束成了一件事物。也许，无论白茅之白还是玉女之玉，都来自这层光晕的裹束。这种裹束，也就是礼的本源，在最后一章体现为女子身上的衣服"帨"，以及对于急切情欲的驯服："舒而脱脱兮，无感我帨兮，无使尨也吠。"在礼义的裹束中，急切遽迫被驯化为从容宽舒，赤裸暴力的情欲被创造为气韵生动的衣冠文明。

当然，礼乐生活经历了长期的仪式化和习惯固化之后，礼之所以为礼的意义难免会蜕变，乃至于全然被遗忘。此时，礼器成为一种既脱离了自然又脱离了日常生活的特殊用具，只在祭祀等

[1] 参《毛诗正义》页1085。

礼仪活动中使用的用具。用具化的礼器既不像日常用具那样具备实用性，也不像真正的礼器那样保持着与天地自然的本源关联并因而起到沟通天人的作用。这样一种徒有其表的形式化礼器和礼仪的充斥，便是孔子编《诗》《书》、正《礼》《乐》、赞《易》作《春秋》时面临的首要时代问题。

当此之时，孔子编修六经的用意，便在于由文反质（反通返），即从文化过于繁盛以至于失其本根的礼乐形式回到其所以发生的源头。子曰"礼云礼云，玉帛云乎哉，乐云乐云，钟鼓云乎哉"（《论语·阳货》），即此意也。《野有死麕》之编在《召南》，亦此意也。高贵本来源出于质朴，而当高贵堕落为虚矫，回到原初的"贫乏自然"便成为礼乐隆盛的重新开端。

读《何彼秾矣》

坤德无疆

何彼秾矣，唐棣之华。曷不肃雍？王姬之车。
何彼秾矣，华如桃李。平王之孙，齐侯之子。
其钓维何，维丝伊缗。齐侯之子，平王之孙。

无论《何彼秾矣》被解释为王姬下嫁齐侯之子（毛诗），还是齐侯嫁女而用其母王姬之车（三家诗），皆不妨此诗事涉嫁娶。而且，正如召南首篇《鹊巢》，《何彼秾矣》对嫁娶之事的描写也把重点放在路上，放在车上，放在新娘正在离开的娘家和正在去往的婆家之间。反过来倒过去重复的"平王之孙，齐侯之子"和"齐侯之子，平王之孙"也是在说"之间"：两个家庭之间，过去和未来之间。

什么是新娘？在娘家尚未出嫁的时候，她还只是女儿，尚未成为新娘；到婆家之后，她将成为媳妇，也不再是新娘。新娘之为新娘，只在从女儿走向媳妇的路上。这个过程是短暂的，但对于一个女人的一生来说，却构成决定性的转折；对于人类文明的发展来说，最初的新娘也成为决定性的开端。"王姬之车"走在路上，女人之为女人的生命原理走在路上；"王姬之车"开辟大地上的道路，新娘开启人类文明的道路。《易经》坤卦之《象》云"坤厚载物，德合无疆，含弘光大，品物咸亨，牝马地类，行地无疆"，正是《鹊巢》"百两"之象，以及《何彼秾矣》"王姬之车"之象。《易经·序卦传》论"咸""恒"云："有天地然后有万物，有万物然后有男女，有男女然后有夫妇，有夫妇然后有父子，有父子然后有君臣……"恒卦所寓含的婚礼和家庭生活可能是人类文明生活的起点。

"何彼秾矣"是服饰繁荣、盛装华美之象。然而，繁复华丽的服饰却并没有留住诗人的眼光。诗人的眼光穿透文饰之繁，看向简单质朴、纯净美好的面容："唐棣之华""华如桃李"。孔子引逸诗云"唐棣之华，偏其反而。岂不尔思，室是远而"（《论语·子罕》），从中或可窥见唐棣之花喻指"反"意，在先秦可能是一种普通共识。陆佃《埤雅·释木》"唐棣"条下云："凡木之华，皆先合而后开，惟此华先开而后合。"[1] 无论唐棣之"反"究竟何意，在《何彼秾矣》诗中显然喻指一种与衣饰之"秾"相反的状态。这种状态便是面容的简单真实。

无论在多么强调繁琐服装和礼仪的时代，华夏衣冠礼乐从不遮挡面容。[2] 如果没有面容的表露，礼就失去了诚。《中庸》所

---

〔1〕 陆佃，《埤雅》卷十三，文渊阁四库全书。
〔2〕 新娘红盖头起源于南北朝及唐代西域胡俗的影响，且并非常服，仅用于婚礼。《礼记·昏义》并无此物。

谓"不诚无物"在礼义上就表现为非容不足以为礼。面容首先不是被理解为欲望的对象，而是礼的表征，所以无需佩戴面罩以遮挡面容，否则恰恰是无礼。所谓礼，很多时候几乎就等于"容""色"的状态。所以，"仪容"甚至就是"礼"的代名词。读《论语·乡党》可以鲜明感受到，在孔子那里，"色"或面容，而不是服饰，才是礼仪的核心。"色难"之于孝道，"温良恭俭让"之于政治，也都是礼义生活的关键。

《何彼秾矣》的服饰、面容和车马都是直接取象于婚嫁现场的事物，而最后出现的兴象"其钓维何，维丝伊缗"则是一个比喻。这个比喻蕴含了"乾坤并建"的夫妇原理。"钓"相当于《关雎》"寤寐求之"之"求"，"缗"或两股丝之相合则是"君子好逑"之"逑"（相匹）。婚姻嫁娶中有求，也有逑。求是发端，逑是结果；但求之所以能成功，是因为两者相逑。逑则能求，不逑则虽求不得。所以，虽然乾是发动性的第一因，但无坤之乾却什么都建立不了。这意味着，新娘出嫁路上的那个"之间性"或"王姬之车"的坤德车马属性，即使在新娘成为媳妇乃至母亲之后，仍然保持着。妇人称某氏，终身保持其所从来的原生家庭姓氏，不像西洋风俗那样改从夫姓，便是这个"之间性"的表现。"维丝伊缗"的两条丝拧成一股绳，既是一股绳，也永远是两条丝拧成的一股绳。

读《驺虞》

生死之门与万物之户

彼茁者葭,壹发五豝,于嗟乎驺虞!
彼茁者蓬,壹发五豵,于嗟乎驺虞!

　　这篇极为简短的诗成为《召南》的终篇。如果把二南视为一个整体的话,这也是二南的最后一篇。这篇诗只有两章,仿佛是二南的两扇门户:关闭和开启的枢机。
　　三家诗义以"驺"为天子苑囿,"虞"为山林鸟兽之官,[1] 如此,则"驺虞"之名对于整部《诗经》来说,不妨视为一个本质性的命名。因为,整部《诗经》不就是一方鸢飞鱼跃、庶类蕃殖的山林苑囿吗?而《诗》之所以作、所以采、所以编,不正是出于"驺虞"之职吗?孔子所谓"诗可以兴,可以观,可以群,可以怨;迩之事父,远之事君,多识于鸟兽草木之名"(《论语·

―――――
〔1〕参《诗三家义集疏》页121。

阳货》),不正是诗学之为驺虞之学、诗教之为驺虞之教的表述吗?

"多识于鸟兽草木之名"不只是增进知识之意,正如驺虞之职不只是像现代农场工人那样把动植物理解为物产资源和有待处理的对象。"可以兴、可以观"者,《诗》苑之万物也;"可以群、可以怨"者,守囿之虞人也;"迩之事父,远之事君"者,驺虞诗教之事也。驺虞之于山林,犹君子之于民众,爱之育之,教以化之。如此,"则庶类蕃殖,蒐田以时,仁如驺虞,则王道成也"(毛诗小序)。

其实,详玩小序之意,并未以驺虞为神兽。"庶类蕃殖,蒐田以时"显然都是在讲文王之化下的虞人之职。"仁如驺虞"体现为平时的养育山林苑囿之物,也体现为天子蒐田时的"壹发五豝"(五头小野猪仅射其一)。虞人之职负有看护苑囿、蕃殖庶类的责任。即使在天子驰骋畋猎之际,也要通过"壹发五豝"的礼法来节制猎杀,避免滥杀,为大自然留下生机复原的种子。

以驺虞为兽名是毛传的讲法,郑笺孔疏为之张本。毛诗兼存虞人说和兽名说,自相矛盾,皮锡瑞讥之曰:"传云'虞人翼五豝以待公之发',虞人即驺虞也。下忽缀以'驺虞义兽'云云,与上文不相承,良由牵合古书,欲创新义,上'虞人'字不及追改,葛龚故奏,贻笑后人,此乃毛传一大瑕。"[1]不过,毛传既以驺虞为"义兽",我们亦不妨思考此兽何以名"驺虞"。兽之有义者,"不食生物",只为看护群生而来,岂不是兽中之虞?实际

---

[1] 参《诗三家义集疏》页122。

上，无论以驺虞为虞人，还是以驺虞为义兽，皆不妨"于嗟乎驺虞"之叹美者，驺虞之仁也。

仁兽在《周南》亦有一次出场，而且也是在最后一篇，即《麟之趾》。正如毛诗序所见，《麟之趾》与《驺虞》显然有一种对应关系，"《麟之趾》，《关雎》之应也"，"《驺虞》，《鹊巢》之应也"。[1]不过，麟之为仁兽，只是生发之象，所以《麟之趾》但云"公子""公姓""公族"子孙繁衍之盛；而驺虞之为仁兽，则在春生中兼含秋杀之意，故毛诗既云"仁如驺虞"，又称之为"义兽"（义配秋杀）。故驺虞之仁虽不及麟之仁，但又较麟趾之意转进一层，犹值深思。[2]

《驺虞》春生之义，可见于起兴的"彼茁者葭""彼茁者蓬"之象，亦见于"壹发五豝"的不忍尽杀。但无论多么好生恶杀，无论在"彼茁者葭"还是在"壹发五豝"中，都已经蕴含了秋杀之义。"彼茁者葭"诚然是初生的芦苇，但正是在初生的短茁幼苗旁边，还可以见到去年秋杀的残枝败叶。艾略特诗云"四月是最残忍的季节"，亦有见于此。所以，"彼茁者葭"之象，并非一味生长之象，而是生死相续之象。

生命的表象与死亡相对立，而生命的实情却内在地包含死亡。死亡作为构建生命之为生命的环节，不可或缺地存在于每一个生命的生长过程中。死亡并不是在生命终结之时才到来的事

---

[1] 分别见《毛诗正义》页71、124。
[2] 关于《驺虞》和《麟之趾》的更多比较分析，可参李瑜蓉记录的《无竟寓诗经课笔记八篇》，见拙编《诗经、诗教与中西古典诗学》，同济大学出版社，2016年，页143-145。

件，而是从一开始就内在于生命之中。如果死亡只是在生命终结之际才从外面突然到来，那就不会有死亡。而如果没有死亡，也就不会有生命。在生命的大化流行中，死亡是对生命的让出。如果没有死亡对生命的让出，生命就无从发生。

所以，当诗人看到"彼茁者葭"的新绿从去年残存的苇荏枯叶中探出而叹美"于嗟乎驺虞"时，他究竟是在叹美什么呢？叹美虞人翼五豝而待君之一发？诚然，"壹发五豝"中含有不忍杀、不滥杀的仁心，但毕竟是杀了，虽然只杀了五分之一的野猪。难道这五分之一的杀生就不是杀生吗？这五分之一的杀生诚然也是杀生，但却是必要的杀生，或者说是不得已的杀生。即使是靠拾取果实而生的最严格的素食，连植物都不曾掐断，也难免会杀死果实中蕴含的生命。

其实，人的生命不过是群生中的一命，并不超越于生死相续的大化流行之外。与所有生命体一样，人类生命的延续同样不得不在死亡中进行——既在杀生而取食的物之死亡中进行，也在自身的持续死亡中进行。Living 即 dying。必要的杀生取食正如自身生命的持续走向死亡，都是生命之为生命的内在环节，并不是与生命相对立的外在死亡。如果彻底不杀生，不杀任何动物和植物，那么人类就只能在"仁心"中饿死。不但饿死自己，也会饿死祖先——因为田狩的猎物首先是供应祭祀的血食。不忍杀生而致自杀，这又岂是仁爱的本义？

由此可以理解"于嗟乎驺虞"之叹的深意，因为驺虞站在生与死的门户之中，理解了死亡内在于生命的原理。驺虞看护山林，养育群生；同时，驺虞也协助田猎，为了人类生命的延续和

231

祭祀，不得不进行最低限度的杀生。正如"彼茁者葭"之兴象写的是死中之生，"壹发五犯"的赋事写的也是杀生中的护生。驺虞之职，仿佛是万物生死的门户。驺虞之德，春仁好生而不刻意自戕（如舍身饲虎之类），秋义刑杀而不弄权害物，可谓中庸而已矣。《诗纬·含神雾》所谓"诗者，万物之户"，观乎《驺虞》可知矣。二南之末，诗风正变交替之际，万类群生启闭之机皆存乎《驺虞》。故"于嗟乎驺虞"之叹，非他叹也，《诗》之为诗之叹也。编《诗》者其有意乎？编《诗》者其有意乎？

图书在版编目（CIP）数据

诗之为诗：《诗经》大义发微. 卷一 / 柯小刚著. -- 北京：华夏出版社有限公司, 2020.9（2022.1重印）

ISBN 978-7-5080-9961-3

Ⅰ. ①诗… Ⅱ. ①柯… Ⅲ. ①《诗经》—诗歌研究 Ⅳ. ①I207.222

中国版本图书馆 CIP 数据核字（2020）第 102553 号

诗之为诗——《诗经》大义发微卷一

作　　者	柯小刚
责任编辑	李安琴
美术编辑	李媛格
责任印制	刘　洋

出版发行	华夏出版社有限公司
经　　销	新华书店
印　　装	三河市少明印务有限公司
版　　次	2020 年 9 月北京第 1 版 2022 年 1 月北京第 2 次印刷
开　　本	880×1230　1/32
印　　张	7.625
字　　数	160 千字
定　　价	55.00 元

华夏出版社有限公司 地址：北京市东直门外香河园北里 4 号 邮编：100028
网址：www.hxph.com.cn　电话：(010)64663331（转）
若发现本版图书有印装质量问题，请与我社营销中心联系调换。